天花散華
～天女は愛に堕ちる～

Rise Serina
芹名りせ

Honey Novel

Illustration

キツヲ

CONTENTS

星が瞬（またた）く夜空をそのまま写し取ったかのような、深い藍色に染まる泉の水面に、はらりと大きな葉が舞い落ちる。掌（てのひら）を広げたような形をしたその葉は人の顔の大きさほどもあるのだが、泉の畔（ほとり）に自生する巨大な樹木から、一定の時を刻み、次々と落ちてくる。

特に風が吹いたわけではない。動物などに荒らされたわけでもない。ただ時が満ちれば落ちることが自然の摂理で、それを拾い集め、泉とその周りを常に美しく保っていることが、彼女に与えられた役目だった。

「ほら銀嶺（ぎんれい）。ここにもあるわよ」

「ここにも」

「あ……はい！」

背中で緩く束ねた身の丈ほどもある銀白の髪を揺らし、声のしたほうへと慌てて駆けていく娘は、その名のとおり、登頂に雪を冠した山のように清廉な姿をしている。華奢（きゃしゃ）な四肢、透けるように白い肌、折れそうなほどに細い身体（からだ）と小さな顔。

しかし儚げな雰囲気に反し、顔の半分を占めるほどに大きな瞳は活き活きと紺青に輝き、紅を刷いたように淡い桃色の小さな唇は、どのような時でも穏やかな笑みを形作る。

数人の女人たちが指で示した先にあった葉を拾いあげた銀嶺は、ふり返って彼女たちへ笑顔を向けた。

「ありがとうございます！」

「…………！」

しかしその反応は女人たちの意図したものではなかったらしく、柳眉をひそめながら次々と銀嶺に背を向けてしまう。色とりどりの衣を重ねた背中が、広い園林をめぐる回廊の柱の間に見えなくなり、銀嶺は小さく肩を落とした。

（どうして仲良くなれないのかしら？）

銀嶺がこの地に下り、泉の管理という任についてから長い時が流れた。それは背中にかかる長さだった髪が、身の丈と変わらないまでに伸びるほどの時間だ。しかしいまだに、この地で働く仲間の多くとは馴染めずにいる。

ここは天上界と地上界を結ぶ山――崑崙山の最上部にある帝宮。

天上界を統べる天帝の行宮の一つだが、銀嶺の記憶にある限り、実際に使われたことは一度もない。それでも五つの城と十二の楼からなる荘厳華美な宮を、いつ天帝が訪れてもすぐに使えるように保つことが、銀嶺たち天女に与えられた仕事だ。

役目は多岐にわたり、銀嶺が受け持つ園林の手入れは、その中でも下級の仕事と見なされていた。天帝が起居する房室（へや）や、身に着ける衣を整える役目の天女たちからしてみれば、確かに下働きのような仕事かもしれないが、銀嶺は自分の役目に誇りを持っている。

（帝宮には九つの泉があるけれど、その中でもこの翠泉（すいせん）は、人が住む地上へ直接通じるものだもの……大切な泉だし、大きさも一番大きい。水だってこんなに澄んでる！）

まるで我がことのようにその素晴らしい点を挙げ連ね、波紋の重なる水面をのぞき込んだ。

離れた場所から見ると翠（みどり）色の水は、近づいて見れば透明度が高く、かなり深い場所まで肉眼で見ることができる。蒼天（そうてん）で輝く陽の光が水面に反射し、きらきらと眩（まぶ）しいが、それをこらえて泉の底をのぞけば、そこには水の中とは思えない光景が広がっていた。

泉を抜けた先にあるという、崑崙山のはるか下方に存在する地上界だ。

轟々（ごうごう）と流れる碧（へき）の大河。岩山の間を切り拓いて造られた広大な農地。黒い甍（いらか）が並んだ背の低い建物。舗装されていない土の道は埃（ほこり）っぽく、どこをとっても帝宮の煌（きら）びやかさとは比べものにもならないが、そこで暮らす人々の様子は興味深いものがある。

緋色や空色など、華やかで個性的な髪や目の色をしている天上界の住人たちと異なり、行き交う人々の髪や目の色は濃く、せいぜい茶色か黒だ。背格好もみな同じくらいで、似たような容姿をしている。

しかし中にはそうでない者もおり、見慣れた光景の中から、銀嶺はその人物の姿をきょろきょろと捜した。

（えっと……あ、いた！）

初めて目にした時からどうにも印象に残り、泉をのぞくたびに捜してしまうので、今では彼の姿を確認することがまるで日課のようになってしまっている人物。毎日その場所にいるわけではないのだが、だからこそうまく見つけられた時には、まるで宝物でも発見したかのように気持ちが昂揚する。

頭頂で高く結わえた艶やかな黒髪に、鮮烈な光を放つ黒水晶のような瞳。それは光の当たり方によってはもっと淡い色にも見えるのだが、泉の水を通してのことなので実際のところはよくわからない。

他の者とは比べものにならない高身長で、大きな荷物も軽々と抱えてしまうほどの立派な体軀。それなのに立ち姿はすらりとしており、どこか気品のようなものさえ感じさせる。

年の頃は二十代半ば。川からほど近い場所に小さな邸を構え、どうやら川で釣りをして生計を立てているらしいその男を、銀嶺は役目の合間を縫って、暇を見つけては眺めていた。

（今日もあまり釣れないみたい……）

川岸の大岩に座り、柳の枝で作った竿を川に向かって何度も振る姿。

街中や農地でせわしなく働いている他の人々に比べれば、その男の一日はかなりゆったりと過ぎていく。川に糸を垂らした竿を地面に挿し、自分はその隣で昼寝をしてみたり、竿をそのままにふらりとどこかへ行ってしまったりと、実に自由だ。彼の周りだけ時の流れが違っているようにさえ見える。

何にも縛られず自由な様子は、与えられた仕事をこなしさえすればあとは好きに過ごしていい天女たちと通じる部分があり、うまく見つけられた時には、銀嶺は親近感を持ってその姿をずっと眺めていた。

（いつも楽しそう……）

男のもとへは、実にさまざまな人物が入れ替わり立ち代わりにやってくる。若者から老人、子供や女性など立場や身分も多種多様なようで、多くの人に慕われている人物なのだと思う。釣った魚を彼らへ渡し、代わりに食べ物や生活に必要なものを手に入れている様子なので、その人物たちと会うことは男にとって生活するための術でもあるのだろう。しかし当の男も彼と対峙する者も常にみな笑顔なので、銀嶺はとても興味を引かれる。

（いったい何を話しているのかしら？）

泉を通して姿は見えても、その話し声までは聞こえなかった。それでも男の笑顔を見ているだけで、銀嶺自身も元気づけられる。そのためうまくいかないことがあった時や、気持ちが落ち込んだ時には、泉をのぞき込むことが習慣のようになっていた。

泉の底に男の姿を見つけられれば、それだけで気持ちが浮上する。なかなか馴染めない仲間たちにも、気を取り直してまたもう一度笑顔を向けてみようという気持ちになれた。

（よし……！）

元気を蓄え、すっかり座り込んでしまっていた泉の畔から銀嶺は立ちあがろうとする。

しかしその瞬間、泉の向こうの男が顔を上げ、ふいにこちらを向いた。

「え？」

泉越しに一瞬、確かに視線を結び、その上自分に向かって笑いかけてくれたように銀嶺には思えた。再び立ちあがろうとした銀嶺を、あたかも励まそうとするかのように——。

「え……？　え？」

もちろんあちらからこちらは見えるはずがなく、銀嶺がのぞいていることを男が知っているわけでもない。ふと何かを思いたって昊を見あげ、偶然笑ったに過ぎないはずだ。

それでもその笑顔が自分に向けられたかのように感じ、銀嶺の気持ちはどうにも落ち着かない。

「そんな、そんなはずは……」

口から飛び出してしまいそうにどきりと跳ねた心臓は、いつまでも静まらない。それどころかますます大きく速く、早鐘のように鳴り続けている。どきどきと頭の中にまで響き、そういった経験はこれまでになく、なかなか冷静になれない。

「待って、待って……でも……！」

もし偶然でないのなら、もう一度こちらを向くことがあるのではないだろうか——。

そう思うともう目が離せず、泉の縁にへばりつくようにして男の姿を見つめ続けた。

どれほどの時間が経ったのだろう。座り込んだ格好のまま、微動だにせずにいた銀嶺は、突然背後から声をかけられた。

「あなたが劉銀嶺ですか？　そんなところで何をしているのです？」

「きゃあっ！」

思わず地面から身体が浮くほどに驚いてしまったのは、男の一挙手一投足に、息が止まりそうなほど集中していたからだ。そこへ逆方向から呼びかけられ、心臓が止まってしまいそうになる。

しかも声はあまり聞き慣れないものであり、『劉銀嶺』と正式な名の呼び方をされたので、何事かと焦った。からかい半分でいつも銀嶺に声をかけていく、同じくらいの年齢、階級の天女たちとは明らかに声音も口調も違う。

いったい何者かとおそるおそる後ろをふり返ってみると、再び飛びあがってしまうような人物が背後に立っていた。

「瑤宝様！」

数多の天女たちの頂点に立ち、天帝から崑崙山の統治を任されている女神が、左右に二人の上級天女を従え、泉の畔に座り込む銀嶺をじっと見下ろしている。

持ち手に下がった珠飾りも豪華な絹の団扇によって顔の下半分は隠されているが、その上で輝く宝石のような碧の眼に見据えられ、銀嶺は慌てて身体ごと瑤宝たちのほうへ向き直り、平伏した。

「し、失礼をしました！」

地面に額を擦りつけんばかりに下げた頭の上に、静かな声が降ってくる。

「何をしていたのです？」

銀嶺は頭を上げないままに返答した。

「泉の中を見ていました。翠泉を綺麗に保つことが私の役目なので……」

それは決して嘘ではないが、銀嶺の行動のすべてを言い表しているとは言いがたい。瑤宝の左右で彼女の答えを聞いた上級天女たちもそう感じたようで、厳しい言葉が返ってくる。

「お前の仕事は文玉樹の葉を拾い集めることでしょう」

「本来の役目が果たされていないようですが？」

はっと顔を上げた銀嶺は、水面に浮かぶ数枚の葉を視界の隅に確認した。

「申し訳ありません！　すぐに集めます！」

泉に飛び込まんばかりの勢いを制したのは瑤宝だった。

「いいえ。それは他の者にやらせるので、あなたは今すぐ自分の房室へ帰って身なりを整えなさい」

「………はい？」

瑤宝の言葉を耳にし、銀嶺は首を傾げた。それからゆっくりと、自分の格好を見直してみる。崑崙山でもっとも高位の女神である瑤宝に比べれば、確かに着ている襦裙も身に着けている装飾品も品質に劣るかもしれないが、自分は果たしてそれほどひどい格好をしているだろうか。

帯や沓がお気に入りのものだったこともあり、銀嶺がしきりに首を傾げていると、瑤宝は理由を述べてくれた。

「今宵、天帝陛下がこの帝宮にお見えになります。あなたを閨に呼んでおられるので、謹んで身を清めておくのですよ」

「え、天帝様が……！」

ついにこの帝宮に、その主たる天帝の訪れがあるのだということに驚き、銀嶺は初め、瑤宝の話の後半をしっかりと聞いていなかった。

(すごいわ！　ようやくお見えになるのね。そして私を閨に……って、え？)

しかしその言葉の意味を理解すると、更なる驚きで紺青の瞳を大きく瞬かせる。

「私を……閨に……？」

閨とは寝所。天帝が眠るための房室だ。そこに呼ばれたということは、天帝のこの地での初めての夜伽相手に銀嶺が選ばれたということになる。

「え？　……ええっ？」

天女としての階級も低く、特に秀でたところもない自分がいったいどうしてと、混乱に陥った。

「そんな……無理です！　私にはとても務まりません！」

帝宮には、いつ来訪するかもわからない天帝の前で披露するためだけに、舞や歌の練習をしている天女たちがいる。食事を供することが役目の者もおり、当然、夜の供をすることが役目の者もいる。

彼女らは天女の中でも特に見目麗しく、気の利いた受け答えをするための教育も受けており、銀嶺などの下級天女から見れば憧れの存在だ。

そのような者たちをさしおいて自分が天帝のもとへ呼ばれたと聞かされても、嬉しい思いよりも畏れ多い気持ちのほうが大きい。

「きっと何かの間違いです！　だって、私、そんな……！」

顔色を変える銀嶺の姿をじっと見下ろし、瑤宝は静かに首を振った。

「いいえ、確かにあなたです。間違いでも人違いでもありません。この帝宮のすべては天帝陛下のもの。そしてここに仕える私たち天女も、すべて天帝陛下のもの……ですからもちろん、あなたに拒否する権利などありません。わかりますね？　わかったら今すぐ房室へ戻り、支度をなさい。足りないもの、必要なものは、追って係の天女が届けます」

ひと言ひと言言い含めるかのような声に、銀嶺も次第に冷静になり、瑤宝の言葉が終わる頃には分別と落ち着きを取り戻していた。

「はい」

もう一度、地面に額をつけるようにして平伏し、その場から瑤宝たちが立ち去っていく衣(きぬ)擦(ず)れの音が完全に聞こえなくなってから、ようやく顔を上げる。

「……そんな」

頭では納得しても気持ちの整理はついておらず、手の震えが止まらない。どういった理由でか、瞳の端から一粒零(こぼ)れ落ちた涙を手の甲で拭い、銀嶺はよろよろとその場に立ちあがった。

もう一度翠泉をのぞきたい気持ちをこらえ、自分に与えられた房室がある宮へと向かったが、その足取りは重く、後ろ髪を引かれるような思いだった。

天上界の住人である天女は、月の美しい夜に蓮(はす)の花から生まれる。

その姿が若い女人であるのは、天帝のための存在であるからだ。姿を垣間見ることさえなくとも、天帝のために働くことが天女の使命で、もしその寵を受けることがあったなら、それはかなり運のいい者ということになる。

神や仙人たちの住む世界——天上界から、崑崙山へ下ることが決まった際、自分にはもうそのような僥倖(ぎょうこう)が訪れることはないのだと、銀嶺は理解した。もとより望んでいたわけでもない。

それなのに天帝が帝宮で過ごす記念すべき夜に、閨へ来るようにと命じられ、動揺を隠せない。

(どうしよう……!)

おぼつかない足取りで房室へ帰ると、すでに数人の天女たちが待ち構えていた。銀嶺と同じように、帝宮の園林の世話をすることが役目の下級天女たちだ。

持ち場がそれぞれ離れているため昼間に顔をあわせることはほぼないが、同じ宮に房室があるので夜は共に過ごす。崑崙山で懇意にしている数少ない友人たちだ。

「銀嶺！　天帝様の閨へ呼ばれたのですって？」

「いったいどこで見初められたの？　羨ましい！」

「それが……」

銀嶺自身、なんと答えていいのかわからない。まるで心当たりがないのだ。正直にそう告げると怪訝(けげん)な顔をされる。

「おかしな話ね……でもまあいいわ。上級の方たちをさしおいて選ばれたのだもの、あなたは私たちの代表よ。念を入れて着飾らせてあげる」

「さあ、まずはその衣を脱いで」

「え？　あ……きゃあっ」

ぐるりと周りを囲まれたと思った次の瞬間には、胸の下で結んだ帯を解かれ、長襦（ちょうじゅ）を肩から滑り落とされていた。胴衣（どうい）があらわになった胸もとを慌てて隠す銀嶺を笑いながら、天女たちは両脚を覆う長裙（ちょうくん）までも脱がせてしまう。

「ちょ……何を……！」

「いいから！　私たちに任せておいて！」

中心人物である瑚榮（こえい）に笑顔で押しきられ、銀嶺は仕方なく口を噤（つぐ）んだ。

崑崙山ではもうかなり長い年月、天帝が訪れたことも、誰かが閨へ呼ばれたこともない。

黙々と役目に向かうだけの日々の中、彼女たちも退屈していたのだろう。その楽しみになるのならばと、銀嶺は抵抗を諦める。

されるがままに裸に剝（む）かれ、湯を張った盥（たらい）で身体を清められた。

「やっぱりこの白い肌が目に留まったのかしら？　前から思っていたけれど、並外れて白いものね……」

「いいえ、この銀髪でしょう。他には見ないような色をしているもの」

盥の中で身を縮める銀嶺の身体を洗いながら、天女たちは勝手な憶測を語りあう。銀嶺にその自覚はなく、黙って会話に耳を傾けている。

「掌に吸いつくような肌質をしているわ。すべすべで気持ちいい」

「出るところが出て、くびれるところはくびれて、体型も申し分ないわね。磨きがいがあるわ」

遠慮なく全身を検分され、触られ、それでも決していやな気はしなかった。

「さあ今度は髪と肌に香油を塗るわよ。それが終わったら化粧と髪結い。とびきりの絹を重ねて、珠と金銀で飾って、上級天女に負けない美女に仕あげてあげるわ」

「なんといっても私たちの代表だものね」

「ねえ」

「みんな……ありがとう」

天帝に呼ばれた理由が不明という不安はあっても、仲間たちの代表として扱われることは嬉しく、誇らしい。おとなしく彼女たちに身を任せていた銀嶺は、小半時もしない間に見違えるような姿になった。

「これが、私……？」

「ええ、そうよ」

満面の笑みでさし出された手鏡をのぞき込んでみても、にわかには信じがたい。そこには絶世の美姫と言っても過言ではない可憐な少女が映っている。

長い銀髪は綺麗に梳られ、ところどころに小花を散らしながら見事に編みあげられていた。頭の上で二つの輪を作る、天女が正式な場に出る時の伝統的な髪型だ。

　高髷には金銀の歩揺、瓊玉の簪が挿され、耳墜に連珠の首飾り、帯飾り。それらの装飾品にも引けを取らない白肌は、金粉混じりの白粉を表面に塗られ、白さをいっそう引き立てるような真紅の襦裙に包まれている。

　長襦の上に重ねる上衫や、肩から垂らした被帛さえもがそれぞれ色あいの異なった緋色であり、赤という色の持つ意味を改めて考えさせられるような装いだ。

（赤は婚礼の色。私はこれから天帝様の花嫁になる……）

　覚悟はしても、まさか自分の身にそのような幸運が訪れるとは考えたこともなかったので、いったい何をどうしたらいいのかの知識が銀嶺にはない。

「あの、変なことを聞くようだけど……天帝様の閨へ行ったら、私はいったいどうしたらいいの？」

　天女たちは顔を見あわせ、みな一様に頬を赤く染めた。

「私たちにもよくわからないけれど、天帝様にすべてお任せすればいいのではない？」

「そうよ、おっしゃるとおりにして、おとなしく従えばいいのよ」

「そうそう」

「ええ、そうね……」

　不安は残るものの、結局は彼女たちもよくわかっていないようなので、銀嶺もあまり思いつめないことにした。

（だって私は天帝様の閨の相手をするために、ちゃんと教育を受けた上級天女ではないのだもの）

その自分をいったいどうして閨へと呼んだのか。理由ぐらいは訊ねる機会があればいいと願いながら、銀嶺は先達の天女が迎えに来る時を待つ。

「それじゃ、あまり緊張しないでがんばってね」

「もし運よく天帝様の御子を授かったら、天上界に新たな宮を賜る時、私たちも連れていってね、きっとよ」

「ええ必ず。約束するわ。みんな本当にありがとう」

それぞれの房室へ帰っていく仲間の天女たちを見送りながら、銀嶺はせっかく千載一遇の機会を得たのだから、彼女たちの希望どおり、その幸運を手に入れることができればと願った。

もし天帝の御子を授かれば、その天女は神の母として厚遇を受ける立場となる。天上界に宮を賜り、仕える身から仕えられる身へと劇的に転身し、この崑崙山ともお別れだ。

ここは平和で美しく静かな場所だが、他からの来訪者がまったくないという点で、若い天女たちには退屈な場所でもあった。天上界にいれば天帝を始めさまざまな神や仙人などとまみえる機会もあるが、ここではほぼあり得ない。

天上界へ帰れるかもしれない可能性があるのならば、それに賭けたくなるのは当然の心理で、銀嶺は彼女たちの希望の星にでもなった気分だった。

銀嶺自身は、この地を離れることをそれほど熱望してはいなかったのだが――。

(私はこれからもずっと泉の掃除係でもよかったのだけど……)

どのような時も変わることのない穏やかな気候の中、大樹から落ちてくる葉を拾い集め、泉を眺める日々。それは決して退屈でも面倒でもなかった。それはひとえに、泉の底に見える別世界に、銀嶺がすっかり心を奪われてしまったからでもある。

地上界で生きるあの男の姿を胸に思い浮かべると、鼻の奥がつんと痛くなり、今にも涙が込みあげてきそうになるので、銀嶺は必死に面影を追い払う。

(だめよ、私はこれから天帝様の花嫁になるのだもの、翠泉も、その底に広がる世界も、もう関係ない。忘れなくちゃ……)

そう思うとどうして胸の奥が痛み、いっそう涙が零れそうになってしまうのか。銀嶺にはその理由がまだよくわかっていなかった。


天帝の寝所へ案内するという天女が銀嶺のもとを訪れたのは、高楼の陰に陽が沈み、あたりがもう薄暗くなろうかという時刻だった。

「劉銀嶺。迎えに参りました」

「はい。お待ちしておりました」

風格を感じさせる先達の天女に恭しく頭を下げた銀嶺は、その背後につき従っている若い天女たちの姿を見て、緊張に頬をこわばらせた。それは銀嶺が働く翠泉によく現れては、厭味(いやみ)を言っていく天女たちだった。

確か天帝の房室を整える役目の天女だったはずなので、閨に呼ばれた銀嶺を迎えに来るのもおかしなことではないが、明らかに敵意のこもった視線を向けられると気後れしそうになる。

「準備は整っていますか？　参りますよ」

「はい」

先達の天女はみなに先だって前を歩くため、銀嶺は若い天女たちに囲まれて歩くこととなり、居心地が悪い。先達の天女には聞こえないほどの小さな声で、悪意ある会話が交わされる。

「どうしてこんな園林番(にわばん)の娘が？　何かの間違いではないの？」

「豪華な衣装がもったいないわ。珪霞(けいか)様のほうが絶対に似あうのに」

珪霞様というのは彼女たちの中心的人物だ。目鼻立ちのくっきりとした美人である上に知識が広く、処世術にも長(た)けており、年頃は同じでありながら他の天女たちより格上の任にあることから、「様」をつけて呼ばれている。

その珪霞は、今日はみなから少し離れ、会話には加わらずに歩き続けていた。布に包まれた何かを重そうに捧げ持っているところを見ると、それがこの迎えでの彼女の役目なのかもしれない。

長い睫毛に覆われた瞳はこちらに向けないまま、ちらりと横目で銀嶺を流し見る。

「言ってもしょうがないわ。今宵、閨に呼ばれたのは彼女なのだもの。天帝様がその人となりまで知って呼ばれたのか、ただ適当に指名されたのかはわからないけれど」

「…………」

それは銀嶺自身にもわからないことなので、意味深に話題を振られてもなんと答えていいのかわからない。黙っていることがますます彼女たちを苛立たせる。

「何か言いなさいよ、感じが悪いわね」

「お高く留まっているのよ。私たちのような下級天女とはもう口もきけないって」

「いえ！　私そんなつもりじゃ……」

銀嶺は思わず大きな声で反駁しかけ、先を歩いていた先達の天女が足を止めてこちらをふり返った。

「どうかしましたか？」

「いいえ、なんでもありません。ねえ」

珪霞に迫力のこもった笑顔を向けられれば、銀嶺も仕方なく同意するしかない。

「はい、なんでもありません」

再び移動を始めた若い天女たちの態度は、ますます銀嶺に厳しくなった。

「私たちが玉筅（ぎょくせん）様に怒られるじゃないの……働きづらくするつもり？」

「園林番の天女たちと役目を交換させようとでも思っているのではないでしょうね？　これだから下々の者は……」

「そんなこと考えていません！」

自分のことならば我慢できても、今宵の装いの手伝いをしてくれた仲間たちまで蔑（さげす）まれては、銀嶺も黙っていられない。再び声を荒らげたところで、それまで伏目がちだった珪霞が、改めて銀嶺に目を向けた。

「静かになさい。また玉筅様に心配をおかけしたいの？」

視線で示された先には、先達の天女の後ろ姿が見える。銀嶺としてもことを荒立てたいわけではないので、口を噤む。

その様子を満足げに見て、珪霞は視線をめぐらせた。

「それにそろそろあなたの担当だった泉ではないの？　お別れしなくていいの？」

はっとして銀嶺が顔を上げると、朱色に塗られた太い柱が延々と続く回廊からそう遠くない場所に、翠泉の輝く水面が見えた。

「あ……」

「担当を外れたのだから、今後はわざわざここまで来ることもないわね。最後にのぞいていけば？」

いつの間にかすぐ隣に移動してきていた珪霞に、耳もとで囁(ささや)きかけられ、銀嶺は躊躇(ちゅうちょ)する。

「でも……」

自分は今、天帝の閨へ向かうという大切な役目の最中だ。その途中で私情からの寄り道などしていいものだろうか。

戸惑っていると珪霞の指示で、彼女の仲間の天女が先達の天女の許可を得てきた。

「いいけど、あまり時間を取らないようにですって。少しずつ進んでいるのですぐに追いつくようにと念を押されたわ」

「じゃあ、行きましょう」

珪霞の声に従って天女たちは回廊から外れ、銀嶺もそれに倣う。

翠泉の畔に立つと、やはり胸を締めつけられるような思いがした。

「いつも熱心に眺めていたけど、いったい何が映っているの？」

これまで近くへ来て嘲(あざけ)られることはあっても、役目について珪霞から訊ねられたことはなく、初めての経験に銀嶺は嬉しい気持ちでその問いに答える。

「翠泉は地上界に繋(つな)がっているので、その世界が見えるの。天上界とはまったく違っていて、とても面白いわ」

「へえ」

返事は興味なさげなものだったが、背後に立つ彼女がどのような表情をしているのか、銀嶺には確かめにくい。高く結った髪が邪魔をして、身体の向きを変えるのも首をめぐらすのも一苦労なのだ。

「もっといつものように身を乗り出して見たら？」

「でも……」

多くの飾りをつけた頭が重く、うっかり身体の均衡を失ってしまいそうで怖い。それに昼と違い夜の泉は闇に沈んでいるかのようで、身を乗り出してもその底に広がる光景まで見えるかどうか怪しい。

「やっぱり私……」

ここで翠泉に別れを告げるだけでいいのだと、銀嶺が言いかけた時、ずいっと近くに寄った珪霞から、彼女がずっと大切そうに胸に抱えていた布包みを手渡された。

「これ、お祝いよ。あなたにあげる」

「え？　あ……きゃあっ」

思いがけないこともあるものだと、嬉しい気持ちで礼を言いかけた銀嶺が思わず悲鳴を上げてしまったのは、それが想像以上の重量を持つ石だったからだ。

両腕で持ってもずしりと重く、その場に座り込んでしまいそうになる。それを平気で持ち続けていた珪霞の顔を、驚愕の思いで見つめる。

「あの……？」

珪霞は再びそれを軽々と持ちあげ、あろうことか銀嶺の衣の胸もとに無理やり押し込んだ。

「これね、温石なの。これから寒くなるだろうから火で温めて、そしてこうして胸もとに入れて使ってね。あちらの世界で……」

「――――！」

最後のひと言を言い放った瞬間の珪霞の表情にぞっとし、銀嶺の背筋が冷えた瞬間、珪霞とその仲間の天女たちが思いきり彼女を突き飛ばした。

「え？」

華奢な身体は均衡を失い、翠泉へと大きく傾く。

「きゃああっ！」

泉に落ちた銀嶺の悲鳴にも負けないほどの水音があたりに響き、水面には大きな水飛沫が上がったが、泉の畔にいる珪霞たちは微動だにしない。幾重にも重ねた衣が水に濡れ、身動きの取れない銀嶺がばしゃばしゃともがく様子を、氷のように冷たい表情で見ている。

「どうしました？」

異変に気づいた玉箓が駆けつけてからは、ふりだけでも銀嶺を助けようという動きをしているようだったが、その頃には胸もとに重い石を入れられた銀嶺の身体は、泉の中に完全に沈んでしまっていた。

懸命に水をかこうとしていた腕が次第に動かなくなり、真っ暗な水の中でただ一つ明るく輝く水面が瞬く間に遠くなっていく光景を、銀嶺は驚愕の思いで見あげる。

（何？　どうして……？）

不思議と苦しくはなかった。驚きと恐怖のあまり、呼吸をすることはとうの昔に忘れてしまっている。ただ自分の意志とはまったく無関係なところで、これから担うはずだった大切な役目を手放し、仲間の天女たちから寄せられた期待を裏切った形になってしまったことが悔しく、忸怩(じくじ)たる思いで瞳を閉じた。

（こんな最期って……）

天寿をまっとうしたわけでもなく、何かをやり遂げたわけでもない。ただ中途半端に、自分の生涯を他人からの負の感情によって無理やり終わらせられることが、悔しかった。


翠泉を美しく保つことを役目としていた銀嶺は、水面に落ちた葉を拾い集めるため、自ら泉に入ることも少なくはなかった。泳ぎには他の天女よりも長けていると自負がある。

それでも天帝の闈へ侍(はべ)るための豪奢な衣装を着て、重い石を胸もとに入れられていては、泳ぐどころの事態ではない。否応なく泉の底へ沈み、二度と浮かびあがることのない悲しい最期を遂げた——そのはずだった。


「おい！　おい！　しっかりしろ！　口を開けて息をするんだ」

誰かがどこかで懸命に叫んでいる。聞き覚えのない声だ。おそらくは男の——それも若い男の声。

はっきりと断言できないのは、銀嶺が男というものと言葉を交わすことがなくなってから、長い年月が過ぎたからだ。崑崙山に男はいない。天上界にいた頃は神や仙人、それに仕える者など、身近にも多くの男がいたが、話さなくなって久しい。そのため確信はできない。

（でもたぶん……きっと……）

「おい！　聞こえるか？　聞こえたら返事をしろ、おい！」

呼びかけと共に軽く頬を叩かれる感触がするので、呼ばれているのはどうやら銀嶺自身のようだと理解する。声ならば聞こえているし返事をしたいのに、口が思うように動かない。話をしようにも喉の奥まで何かがいっぱいに詰まっている。

それを吐き出そうとするどころか、そう考える意識さえ次第に薄くなり、暗闇の中に再び落ちてしまいそうになった時、逞しい腕で身体をかき抱かれた。

豊かな胸の膨らみの下で結ばれていた帯を解かれ、その中心を強く押される。そうかと思えば唇に何か柔らかなものが重なり、そこから息を吹き込まれる。

(これって……)

実際に自分が何者かに唇を塞がれ、呼吸を取り戻そうと息を送られているのか。それとも以前溺れた人を助ける光景を見た際に、そういう行為がおこなわれていたので夢に見ているのか、銀嶺には判断がつかなかった。それほど自分のこととしての実感がない。

しかしそれは始めの頃の話で、数回それをくり返されているうちに喉の奥の詰まりが取れ、咳と共に大量の水を口から吐き出した。

「うっ、げほっ……ごほごほっ……」

「気がついたか」

銀嶺がむせ返ったのに伴い、体を抱きしめていた腕は緩み、唇は解放された。はだけた胸もとを強く押していた手は背中にまわり、むせる銀嶺を落ち着かせようとするかのように優しく叩いてくれる。

とんとんと宥めるような手の動きに身体は次第に落ち着きを取り戻していったが、気持ちのほうはそうはいかなかった。

(まさか……そんな……)

瞳を開いた際に垣間見えた腕の主の顔が、銀嶺が泉の底の世界に眺めていたあの男とよく似ている気がした。まさかそんな偶然があるはずないと思うのに、胸の鼓動ばかりがどくどくと大きくなる。

（そんなはずは……）

「胸に石を抱えて身投げか……まったく無茶なことをする。見たところ花嫁衣装のようだが、相手の男がそれほどいやだったのか？」

銀嶺は毎日のように男の姿を泉の底に見ていたが、水を通してのことなので、その声を聞いたことはない。そのため声だけでは判断できないが、腕の主の声は低くて艶があり、たいそう耳に心地いい。

思わずうっとりと耳を傾けていたが、語られた言葉が聞き捨てならないもので、慌てて腕の中で顔を上げた。

「いいえ。私はそんな……げほっ」

天帝の寝所に呼ばれたことがいやだったのでも、自ら泉に身を投げたのでもない。そう説明しかけて喉の奥に残っていた水が口の中に逆流し、再びむせた。

「大丈夫か？」

伏せた顔をのぞき込むようにして容体を確認され、どきりと大きく胸が跳ね、銀嶺は緊張に身体を硬くする。

（やっぱりあの人だわ……！）

凛々しい眉を心配げに寄せて銀嶺の顔をのぞき込んだのは、やはり泉の底に、日に何度も見ていたあの男だった。

高く整った鼻梁。涼しげでありながら、時折鮮烈な光を放つ黒曜石の瞳。きりりと引き締まった口もとに、精悍な面構え。さらさらと音を立てるような黒髪は、頭の高い位置でいったん結わえられ、それでも背中の中ほどまでの長さがある。

泉越しにいつも見ていたこともあり、ついくせでその顔をしげしげと見つめてしまい、訝しい表情をされた。

「何か？」

「いえっ、なんでも……なんでもありません！」

慌てて顔を背けながら、そういえば助けてもらった礼もまだ述べていなかったと銀嶺は再び男に向き直る。

「あの……助けていただき、ありがとうございました。私は、あの……」

いったいどういった経緯で男に助けられたのかと、聞きあぐねる銀嶺の迷いを察してくれたようで、男は自分から語る。

「たいしたことはしていない。釣りをしていたらお前が川を流れてきたので助けたまでだ。自分の名がわかるか？」

「名ですか？　……銀嶺です」

男が満足げに目を細めた。銀嶺の胸は再び大きくどきりと跳ねる。

「銀嶺……美しい名だ。お前に相応しいな。私は天嶄という」

「天嶄様……」

「この川で魚を獲って暮らしている」

視線で促されるままに首をめぐらして、銀嶺は自分が横たわるすぐ横を轟々と流れる川に目を向けた。それは確かに泉の底にいつも見えていた川で、自分が実際にその地に来てしまったことが信じられない。

(まさか本当に……?)

周囲を見渡せば、天上界よりは色が薄く霞がかかったような旲の下に、連なる山々の稜線が見える。川の向こうに広がるのは広い水田。その地で植物を育て、地上界の人々は日々の糧としていることを銀嶺は知っている。

しかしそれは遠い世界の出来事であり、銀嶺が生まれ育った天上界とは決して交わることのない世界の話だ。突然その中へ放り出され、いったいどうやったらもとの世界へ戻れるのかの術もわからず、不安に駆られる。

気がつけば縋るように、銀嶺は天嶄と名乗った男の簡素な袍の袖を握りしめていた。

「銀嶺?」

名を呼ばれてはっと放したが、その手を天嶄の手が摑む。銀嶺の小さな手がすっぽりと隠れてしまうほど、大きな手だ。

「ここにいては目立つ。私の邸へ行こう」

髪を隠すかのように、天嶄の長衫を頭からかけられ、銀嶺はこの世界では自分の容姿がかなり異質であることを思い出した。銀色の髪に紺青の瞳。それは黒髪、黒目をした人間がほとんどの世界にあって、気味悪がられても不思議はない様相なのに、天嶄が迷いもなく接するのですっかり失念していた。

どうやら彼自身は些細なことにこだわらない気性のようだが、それが他の者にも通用するわけではないという常識も持ちあわせているようだ。

軽々と両腕に身体を抱えられ、運ばれながら、銀嶺はその心遣いをありがたいと思った。

「あの……ありがとうございます」

「礼などいらない。私が助けたのだから、お前は私のものだ。自分のものをどうしようと私の勝手だ」

ちらりと向けられた視線は冷たく、彼はどうやら何かを怒っているようだが、銀嶺にはその理由がわからない。息を吹き返した瞬間に垣間見た表情は心配げなものだったが、その後はどこか不機嫌そうな顔が多い。泉の底に見ていた顔は笑顔が多かったのに、いったいどうしてなのだろう。

疑問が残りつつも、慣れない土地で彼に見放されては他に頼るあてもなく、銀嶺は逞しい腕の中でできるだけ身体を小さくしていた。

「はい」

運ばれたのは、川の近くに建つあの小さな邸だった。しかし泉越しに見ていた時に小さいと感じたのは、どうやらそこで暮らす天嶄が大柄だったからのようで、いざ実際に入ってみれば、銀嶺が起居していた崑崙山の宮の房室よりも一室がはるかに広い。

居室を中心に、左右に二つの臥室が連なる典型的な邸宅の造りだが、中はどの房室も立派な調度品で彩られている。天蓋つきの牀榻に、天鵞絨張りの榻。墨の色も鮮やかな風景画が描かれた衝立に、金箔や螺鈿が施された屛風。

卓子も榻も黒漆塗りの上等なものであり、太い丸柱には金装飾で天へと飛翔する昇り竜の姿まで刻まれていた。

「すごい……！」

銀嶺は天帝の房室を整える係ではないのでその中まで入ったことはないが、もしのぞいてみたならこのような光景が広がっているのではないかと思えるほどの豪奢さだ。

天嶄はもしかすると単に釣りを生業とする者ではなく、それを仮の姿とした、この世界で高い地位にある人物なのではないかと思われる。そうであればこれまで銀嶺が彼の所作から感じていた、気品のようなものにも説明がつく。

「あの、もしかしてあなたは……」

訊ねようとする銀嶺をよそに、天嶄は透かし彫りの装飾が施された居室の入り口を足早に通り過ぎ、その隣にある臥室にまで進んだ。

「あの？」

いったいどこへ連れていかれるのかと、訝しげな声を発した銀嶺は、臥室の中央に置かれた天蓋つきの大きな牀榻の上に、まるで投げ出すかのように寝かされる。

「あっ」

慌てて身を起こそうとしたのは、濡れた衣服を身に着けたままだったからだ。これでは牀榻に敷きつめられた上質の絹の褥を汚してしまう。

それなのに遅れて牀榻へ上ってきた天嶄は、起きあがりかけた銀嶺の肩を両手で押さえつけ、その華奢な身体を褥に縫い止める。

「どこへ行く？　また逃げるのか？」

「また？　……あ」

銀嶺がもといた場所から逃げてきたという誤解は、天嶄の中でまだ解けていないのだと思い当たった。

「違います。私は逃げたりなどしません。ただ、濡れた衣が褥を汚してしまうと思って……」

銀嶺がみなまで言い終わらないうちに、なんだそんなことかとばかりに天嶄は鼻でせせら笑う。

「どうかな、女はみんな嘘つきだ……お前はそんなことはないだろうと思ったが、やはり見た目だけでは判断できないという例か？」

嘲るような表情と、こちらの言い分にまったく耳を貸してくれない態度が悔しく、銀嶺は天蘄の腕を払い除けて起きあがろうとした。しかしできない。

それほど力を込められているふうではなく、あちらは笑顔さえ浮かべているのに、渾身の力を込めても褥に押さえつけられた肩はまったく動かず、悔しさに唇を嚙みしめる。

「放してください」

「放すものか。お前は私のものだと言っただろう……それに衣で褥が汚れる心配などいらない。すぐに全部脱ぐことになる」

「え……？」

それまでは心強く聞いていた天蘄の声に不安を感じ、自分を見下ろす黒曜石の瞳にどこか嗜虐的な色が宿ったように見えた瞬間、銀嶺は長襦の胸もとを大きくはだけられた。

「きゃっ、何をするのですか！」

慌てて両手で胸もとを隠そうとしたが、細い手首を二つまとめて大きな手で握られ、頭の上の位置に固定されてしまう。天蘄は空いたほうの手で、濡れて素肌に貼りついていた銀嶺の胴衣を、胸の膨らみの下の位置まで引き下ろした。

「いやあっ」

肩から羽織るのではなく胴に巻きつける形の胴衣は、鎖骨を美しく見せると崑崙山の天女たちの間で最近大流行しているが、このように下げられてしまっては素肌を隠す役目をまったく果たせない。

豊かな胸の膨らみを男の眼下に晒してしまった格好になり、銀嶺は羞恥に震えた。

「いや、見ないで！　見ないでください」

雪のように白い双丘の頂点で、薄桃色の突起が恥ずかしげに頭をもたげる。耐えきれずに銀嶺が両目を固く瞑っても、天嶄の視線が剥き出しになった胸もとに注がれていることは確かで、それを考えただけで、胸の先端の突起はますます硬く尖る。

「見ないわけがないだろう。こんなに美しいものを……」

天嶄の声は熱っぽく、目を閉じているといっそう艶めいて聞こえた。特に最後のあたりは吐息混じりで、銀嶺がどきりと胸を鳴らしていると、震える膨らみに大きな掌が触れてくる。

「ああ、いやあ……」

素肌に触れられたと思った次の瞬間にはもう、緩急をつけてその弾力を楽しむかのように、天嶄の手の中で自在に弄ばれていた。

「やめ……やめてください……」

素肌に触れられる以前に、それを男の前に晒したことも銀嶺はまったく初めての経験だ。

それなのにいやがる声を無視して、天嶄は胸の膨らみを揉みしだく。

「いや、やめ……」

そのうち頭の上で銀嶺の手を押さえていた手も放し、両手で両胸を揉み始めた。なんとか止めようと銀嶺はその手首を摑むのだが、天嶄の大きな手はそれしきではびくともしない。手首を銀嶺に摑まれたまま、それでも難なく胸の膨らみを大きく揉む。

「いやっ……いや……」

銀嶺が首を振っていやがっても、天嶄にはなんの躊躇もなかった。はだけた長襦を腕から抜き去り、引き下げていた胴衣も完全に身体から取り去ってしまう。全裸に剝かれた銀嶺の上半身に、大きく身体を曲げた天嶄が上から覆い被さってきた。

天嶄の手の中で硬く尖らされていた胸の先端の突起を、温かく粘着質な何かがねっとりと包み込む。

「ひゃっ、え……？」

そうかと思えばそれにきつく吸いつかれ、銀嶺は驚きの思いで、固く閉じていた瞳を開いた。

「あ……！」

天嶄が長い黒髪を銀嶺の白肌の上に広げ、胸もとに顔を伏せていた。思ったとおり、胸の突起は彼の口の中に含まれているようで、舌で転がされ、軽く歯を立てられ、何度もきつく吸いあげられる。

「いやっ、いや……やめて……ぇ」

懇願に従って顔を上げた天嶄は、銀嶺が一瞬ほっとした表情を浮かべたことを確認して、それからおもむろに、今度は反対の胸の膨らみに顔を伏せた。

「やっ、いや！　……あ、あん……」

銀嶺は大きく背を仰け反らせて悶えるのだが、それを利用して背中に腕をまわされてしまい、いっそう深く胸に顔を埋める格好にされてしまう。なんとか押し戻そうと天嶄の肩を両手で押しても、立派な体軀はびくともしない。

胸の膨らみの頂点の突起を、双方かわるがわるに彼のいいように蹂躙された。

「いや、いやぁ……」

せめてもの抵抗と、身を捩って逃げようとすると、突起を口に含んだまま命じられる。

「動くな。されるがままになっていろ」

「だって、こんな……あ……」

口と舌の動きが敏感な器官を直接嬲り、銀嶺は目に涙を浮かべて肌をわななかせてしまう。

じかに刺激を受けている両胸ばかりでなく、腰のあたりにぞくぞくした感覚が走り、何もかもが初めての経験で、自分の身体はいったいどうなってしまったのか不安でたまらないのに、天嶄は説明のような言葉は一切くれない。

いく。

「お前は私のものだ」

その言葉に身体の自由を奪われてしまったかのように、次第に全身に力が入らなくなって
「あ、あ……いや……ぁ……」

ぴちゃぴちゃと音を立てて胸を舐められ、身体が熱くてたまらなかった。胸を突き破りそうに大きくなった心臓の音が、頭の中にまで響いている。

天嶄の為すがままになっていてはいけないと頭ではわかるのに、身体がまるでいうことをきかない。そもそも天嶄にきつく抱きしめられており、銀嶺は身じろぎすることさえできない。

執拗に唇と舌で責められる場所からは、甘い疼きのようなものが生まれ始めていた。それはその場所ばかりではなく身体のいたるところから湧きあがり、必死に平静を保とうとする銀嶺を甘く苛む。

「はあ……は、あ……いや……もう、や……っ」

息は荒く、熱のこもったものになった。制止の言葉でさえ、まるで天嶄を煽っているかのように艶めかしく聞こえると、銀嶺は自分でも思う。

「逃がさない。私のものだ」

執念を感じさせるような声音でくり返しながら、天嶄は銀嶺が穿いた緋色の長裙に手を伸

ばした。腰で結んでいた紐を解き、そのまま引き下ろそうとする。

「待って……ま……いやぁ」

手はするりと長裙の中へ潜り込んできて、銀嶺の下腹部を撫でた。びくびくと身体が跳ねる。

「だめぇ……あ……」

これより下に移動されてはならないと銀嶺は必死に身を捩るのに、その身体を強く抱きしめることで動きを封じ、天嶄の手は易々と、本来ならば誰にも触れさせてはいけない秘密の場所にまで伸びる。

「ああ、やめ……もうやめてくださ……」

銀嶺が涙ながらに懇願したのと、天嶄の指が薄い茂みをかき分け、秘裂の間へ潜り込んだのは、ほぼ同時だった。

「ああっ！」

自分以外の手がその場所に触れたことは初めてで、羞恥と衝撃から銀嶺は大きな悲鳴を上げてしまう。その身体をいっそう自分の身体に密着させるかのようにかき抱き、天嶄は指を動かした。ぬちぬちと粘着質な水音が、指で触れられる場所から響く。

「いや……あ、も、触らな……で」

「こんなに濡らしておいて何を言う」

「濡ら……？　あっ、ん」

「そうだ。お前は私に触れられて濡れたのだ。いやだとは言わせない。本当にいやならこんなふうに濡れたりなどしない、ほら」

　乱暴に指を動かされ、身体の奥から次々と何かが溢(あふ)れてくる部分をぬちゅぬちゅとかきまわされ、銀嶺はたまらず天斬の逞しい身体に抱きついた。

「いやっ……あんっ、あぁ……っ」

「嘘つきな女だ。こんなにしておいて」

　天斬の指の角度が変わり、蜜が止めどなく溢れてくる部分へと突き立てられる。ずぶずぶと自分の胎内に指が挿入(はい)ってくる感覚がし、銀嶺は信じられない思いで瞳を見開いた。

「あっ！　ああっ？」

「ずいぶん易々と呑(の)み込んでいくな……もしや初めてではないのか？」

　胎内の感触を確認するかのように、緩く指を出し入れされ、天斬にしがみつく腕に力を込める。

「ちが、私……こんな……ああっ」

　このような場所に触れられたことも、ましてや侵入を許したことも、銀嶺はまったくの初めてだ。それなのに反応があまりにも過敏すぎるようで、天斬からは疑いの眼を向けられる。

「どうかな？　女の言葉は信用ならない。ならば身体に訊(き)くだけだ」

「あああっ！」

二本に増やした指を奥までぐぐっと押し込まれ、銀嶺の目の前で白い火花のようなものが散った。無理やり指を押し込まれた異物感はただならず、狭い入り口につきりとした痛みを残す。

「あっ、痛……や……ぁ」

「狭いな。やはり生娘か」

天嶄が銀嶺にはよくわからない言葉を呟き、押し入れていた指を身体から抜いた。極度の緊張から解放され、銀嶺はほっと息を吐いたが、安心している場合ではない。半分脱がされかけたような状態だった長裙を、天嶄が今度こそ銀嶺の下半身から完全に取り去ってしまう。

「あっ、いや……」

真紅の褥の上でついに全裸に剝かれてしまった羞恥から、銀嶺は身体をくねらせた。その両脚を天嶄が摑み、大きく開かせながら身体を重ねてくる。

「えっ？　あ……いやぁ……」

いつの間にか彼も腰で結んだ帯を解き、長袍と袴を脱ぎ去っていた。あらわになった筋肉質な身体から目を離せないでいた銀嶺は、それを自分の身体の上に重ねられ、事態の深刻さを再認識する。

「あ、だめです……」

何も身に着けていない素肌を、天嶄と重ねてしまった。それが本来、安易に許していい行為ではないことはさすがに銀嶺にもわかる。銀嶺は天帝に望まれ、これからその花嫁になる身なのだ。それを前にこのように、他の男と肌を重ねていいわけがない。

「待って、待ってくださ……」

しかし天嶄の身体を押し戻そうとする両腕は、あまりにも無力だった。逞しい胸を押し返すどころか、それごと彼の太い腕に抱きしめられてしまう。

「やめて！　いや……っ」

首もとに顔を伏せられ、天嶄の下で大きく開かされた脚の中央では、先ほど指で弄られた場所に何か熱くて硬いものが当たった。

男女の間のことなど何も知らないのに、銀嶺は自然とそれから逃げようと腰を引く。しかし動きを封じるように天嶄からいっそう体重をかけられ、濡れた秘所にその熱い塊を押しつけられる。

「お願……もうやめ……ああっ」

懇願も虚しく、熱した鉄のように硬く熱いものが、銀嶺の秘裂を割った。

「あ、いや……こんな、あっ」

それはとても大きく、先ほど指で少し拓かれた程度の銀嶺の蜜壺ではとうてい受け入れられそうにない。それなのに未開の孔をこじ開けるように、容赦なく膣道を穿たれる。

「あっ、痛……痛い……」

身体を引き裂かれるかのように痛く、銀嶺は悲鳴を上げたが、天嶄は更に奥へとそれを押し込もうとする行為をやめてくれない。

「じきに慣れる。お前が私のものになった印だ。しっかりと覚えていろ」

「そんなぁ……あ、ああっ」

ぐっぐっと次第に奥へ押し入られるたび、自分の身体が作り変えられていくかのようだった。天嶄の言うとおり、彼のものへと力ずくで変化させられているように感じる。

この身体は、本来は崑崙山の帝宮で天帝にさし出すはずだったのにと思うと、銀嶺の大きな瞳からは罪悪感による涙が溢れ出した。

「ああっ、あ……申し訳ありませ……あ……」

「誰のことを考えている？　想う男がいるのか？　だが無駄だ。お前はもう私のものだ」

銀嶺の謝罪の言葉を天嶄はそう受け取ったようで、所有の印を刻みつけるかのように、胎内に激しく己のものを擦りつけてくる。

「ちが……私……っん」

銀嶺にはそのような相手などいない。天帝に対しては使命感から、命じられるまま閨の相手を務めるつもりだった。

ひそかに心惹かれていた人物ならば別に――と一瞬思いかけ、他ならぬその相手に無理やり身体を拓かれている現実に思考が戻る。

「あっ、あ……あぁ……」

擦れあう肌は汗ばみ、天嶄からは女人とは違う男の匂いがした。腕の太さも胸の厚さもまったく違う肉体に、組み敷かれ身体を繋がれる。これが男女の睦みあいなのだと頭ではわかっても、彼とそうなってしまったことが銀嶺にはいまだに信じられない。

住む世界が違い、決して触れあうはずのない相手だった。泉の底にその姿を見ているだけで幸せで、しかしそれすらもう諦めたつもりだった。

それなのに今こうして肌を重ね、他の誰よりも深く交わっている。

「あんっ、あ……」

身体の奥に感じる凶暴なまでの熱の塊を、彼であると改めて認識し、銀嶺はいつの間にか天嶄の背中に腕をまわし、縋るように抱きついていた。

「銀嶺？」

思いがけない反応に思わず動きを止めた天嶄は、息を吐きながら銀嶺の上に深く身体を重ねてくる。分厚い胸板に柔らかな胸の膨らみは押し潰され、下半身の結合はいっそう深まった。

「うう……っ」

苦しげに眉根を寄せる銀嶺の唇に、天嶄の唇が重なる。

「んっ……っう」

啄むように食まれ、角度を変えて何度も口づけられた。それを受け止めることに必死になり、銀嶺の身体から緊張が抜けた頃、身体の奥に押し込められた天嶄のものが更に奥へと進む。

「んっ、んんっ」

始めのような痛みは、確かに和らいでいた。そのぶん身体の奥から不思議な感覚が湧きあがり、銀嶺の身体を支配しつつある。それは手と唇で胸を愛撫されていた時に、腰のあたりにむずむずと走っていた感覚と似ており、それによって身体の奥から蜜が溢れてくるのだと銀嶺は悟った。

気がつけば天嶄を迎えた場所は、指で弄られた時のように潤っている。おかげで挿入も楽になったらしく、天嶄はかなり深い場所まで銀嶺の胎内を進んでいた。

「んっう……う、はあっ……」

口づけの合間に漏れる声は自分の耳にも艶めかしく、おかげでますます身体が熱くなり天嶄を咥え込んだ場所は濡れてしまう。薄く開いた唇の隙間から天嶄の舌が口腔内に侵入してきたので、銀嶺もおずおずとそれに応えた。

「んっ、ん……んんっう、んあ」

ぐちゅぐちゅと舌で口腔内をかきまわされながら、同じように下腹部もかきまわされる。

天嶄は腰を使い、銀嶺の胎内へ深く突き入れた彼のものを、抜いたり入れたりと動かし始めている。

襞を擦られ、奥を突かれる感覚は生まれて初めて経験するもので、不安から銀嶺は腰を引こうとした。しかし天嶄に腰骨を摑んで動きを封じられ、熱棒をぐりぐりとねじ込むように、いっそう結合を深くされてしまう。

「あんっ、う……ううんっ」

首を振って悶える銀嶺の唇を天嶄の唇が追い、そちらも再び彼に捕らえられた。上の口からも下の口からも彼の侵入を許し、身体のすべてを天嶄に支配されてしまったかのような錯覚に陥る。

もう逃げられない——そう自覚した銀嶺の身体に所有の印を刻むかのように、天嶄は深く奥を突いた。

「んっ、あっ、あ……ぁ」

瞳の端から零れ落ちた涙をすくうため、天嶄の唇が目の縁に移動し、解放された銀嶺の口からは熱い吐息が漏れる。

「はあっ、ぁ……あ、あん……っ」

そこには苦痛の色はなく、甘く蕩けそうな声音であることは天嶄にもわかっているはずなのに、彼はあえて問いかけてくる。

「もう痛くはないのか？」

「……っ……ん」

頷（うなず）いてしまうと、じきに慣れると無情に言い放たれた先ほどの天嶄の言葉が正しかったと証明してしまうようで、銀嶺は悔しいのだが、事実そうなのだから仕方がない。

「……はい……あ、ああん」

「そうか、ならばもう手加減はいらないな」

正直に答えると、これまでより大きく身体を揺さぶられ始めた。ぐちゅぐちゅと淫らな音を立てて天嶄のものが銀嶺の胎内を激しく行き来し、こらえようとしても甘い声が喉をついて出てしまう。

「ああんっ、あ……そんなにしないでくださ……やあっ、ん」

「どうだ？　こうか？」

天嶄が銀嶺の腰骨を摑み直し、前後する動きに腰をまわすような動きを加えた。

「ひっ……う」

熱い塊でぐちゃぐちゃに胎内を攪拌（かくはん）され、やめてほしいはずなのに、また新たな疼きが身体の奥で芽生える。

「ああん、いや……それ、いやです……うっん」

「嘘吐きな女だ。つられて自らも腰を振っているくせに」

嘘を吐いた罰だと言わんばかりに、ぱんぱんと大きな音を響かせて、数回奥を突かれた。

「あんっ、あっ、あ！」

刺激が脳まで響くようで、銀嶺は全身を突っ張らせてしまう。その身体を強く抱きしめ、天嶄は再び胸の膨らみに顔を伏せる。

「ここもこれほど硬く尖らせて……こうしてほしいのか？　それともこうか？」

先端の突起に歯を立てられ、きつく吸いあげられ、銀嶺は背を仰け反らせて悶えた。

「ああっ、あ……ちが……っ」

その間も下半身の責めが緩められることはなく、剛直はずぶずぶと銀嶺の蜜壺を犯し続けている。一度に与えられるさまざまな刺激に、頭の中がどろどろに溶けてしまいそうだった。

「あんっ、あっ、あ……」

天嶄の言うとおり、銀嶺の身体はいつの間にか、与えられる刺激をただ享受するのではなく、自らも貪欲に求めようとしている。いやらしい女だと蔑まれても仕方がない。天嶄の下で大きく脚を開き、腰を揺らめかせてしまっている自覚は銀嶺にもある。

「あんっ、いやぁ……」

決して望んで天嶄に身体を開いたわけではなかったはずなのに、彼と身体を繋げる行為に溺れてしまったことが恥ずかしくてならなかった。自分は淫乱な性分だったのかと、絶望を感じそうになる。しかし――。

「銀嶺。銀嶺……これでもう私のものだ」

鬼気迫る声で天嶄に名前を呼ばれ、言葉を現実とするかのように身体の奥を突かれると、そのたびにこらえきれない衝動が胸の奥に湧きあがってくるのだ。それに呼応して、身体も濡れ、ゆらゆらと自ら動く。

ひょっとすると相手が彼だから、無垢な身体を暴かれ、こうして無理やり繋げられても、その行為を快く感じ、自らも求めてしまうのかもしれない。

そう考えると、気持ちが少し楽になる気がした。

「どうした？　何を考えている？」

銀嶺の気が逸れたことは、深く身体を繋いでいる天嶄にはすぐわかってしまうらしく、身体に問いかけるかのように腰の動きを大きくされる。

「いえ、なんでも……ああっ、あん……っああ」

奥を穿つかのような激しい抽挿に、我を忘れて天嶄にしがみつけば、銀嶺にはもう他のことは考えられない。彼から与えられる刺激に溺れ、ただそれを享受し続けることしかできなくなる。

「嘘を吐け。ひどくされたくて嘯くのか？　だったらその望みを叶えてやろう」

「ち、ちが……ああっ、あっ、天嶄様……ちが、のにぃ……っう」

乱れる声に誘われるように、天嶄は再び銀嶺の腰を持ち、胎内を攪拌するように腰をまわし始めた。今度こそそれを嬉々として受け入れる身体をごまかせず、銀嶺は天嶄の下で自らも腰を動かす。

「あんっ、や……こんなの……や、ぁ……」

抽挿される熱棒に熱く濡れた襞が絡みつき、快感はこれまでになく高まっていた。

「ああっ！　あんっ、だめぇ……っぁあ……はああんっ」

あられもない声を上げて腰を揺する銀嶺の痴態に我慢の利かなくなった天嶄が、その細腰を掴み、大きく広げられた脚の中央に自らの腰を打ちつけるようにして、凶悪な肉棒を激しく突き入れてくる。

「あっ、天嶄様、あっ……激し………っ」

息も絶え絶えになりながらの銀嶺の嬌声は無視され、そのまま最奥を貫かれ続けた。何かに追い立てられるかのように身体の奥から湧きあがってきた快感が頂点に達したと思った瞬間、目の前が真っ白に弾け、何も見えなくなる。

「あっ？　あああっ！　ああ――っ」

全身を貫くような快感に身体が仰け反り、その衝撃で銀嶺が意識を手放してしまいそうになった時、びくびくと脈動する身体の奥で、天嶄のものがこれまでで一番大きく膨らんだように感じた。

「銀嶺」

耳もとに囁きかけられると同時に、それは弾けるように奔流を放ち、熱い飛沫が敏感になった蜜壺の奥に勢いよく打ちつけられる。

「ああっ！　あ……天嶄様ぁ……」

それが刺激となって再びぴくぴくと四肢を引き攣らせた銀嶺は、天嶄の背に縋る手になけなしの力を込めた。

銀嶺の上に身体を重ね、尚もその奥に残滓を吐き出しながら、天嶄が呻くような声で呟く。

「これでもうお前は、すべて私のものだ。他の誰のところへも行けない」

たった今、自分の身体の奥に放たれたのは天嶄の精であり、それを胎内に受けた以上、もう他の男の花嫁になる資格はないのだと、銀嶺も理解した。

天帝の閨に侍ることなどすでにできるはずもなく、崑崙山がいっそう遠くなったように感じたが、現状を受け入れる。

「はい……私はあなたのものです。天嶄様」

「銀嶺」

重ねられる唇は優しく、別の世界へ落ちてこの男のものとなってしまったことを、銀嶺は決して悲しいとばかり思ってはいなかった。

第二章

「んっ……ん」

暖かな陽の光が顔に当たる感覚がし、銀嶺は微睡からゆっくりと意識を覚醒(かくせい)させた。

重い瞼(まぶた)を開いてみると、真っ先に目に飛び込んできたのは刺繍(ししゅう)の美しい牀榻の天蓋。それから見事な意匠の藻井(そうせい)で、漆喰塗りの白壁へと視線を移せば、透かし彫りの枠飾りが嵌(は)められた丸窓も見える。

そこから射し込む陽の光の温かさで、銀嶺は目を覚ましたのだった。

横たわったままの身体を起こそうとすると、手が柔らかな褥に触れ、昨日この臥室で天嶄に組み敷かれてから疲れきって眠ってしまい、そのまま次の朝を迎えたのだと思い出す。

身体は綺麗に清められ、男ものの衣を着せられていたが、腹の奥には違和感と、蜜口には鈍い痛みが残っていた。

(私……)

あれは夢などではなく、確かに自分は天嶄に純潔を奪われたのだと自覚する。これでもう崑崙山に戻っても仲間たちの期待に応えることはできないと、胸に穴の開くような思いがしたが、絶望感はなかった。

それは身体を重ねている間も何度か確認したように、相手が天峭だったからに違いない。以前からひそかにその姿を見つめ続けていた気持ちが、実は彼への恋心だったのだと、今となっては銀嶺にも理解できる。

その相手と肌を重ね、抗（あらが）いながらも心のどこかでそれを喜んでしまった気持ちに、うしろめたさのようなものがあった。

「天嶄様は、どこへ行かれたのかしら？」

心の迷いを振り落とすように、声に出して呟いて牀榻を下りる。足が萎えるような疲労感はあったが、歩けないほどではない。

天嶄に抱かれる前と自分は何も変わっていないということを証明するかのように、懸命に背を伸ばして顔を上げて邸を出ると、そこから見える場所に彼はいた。

翠泉の向こうから銀嶺がのぞいていた頃と同じように、川べりの大岩の傍（そば）に腰を下ろし、釣りをしている。それが彼の仕事であることを思い出し、銀嶺は邪魔をしないように背後から近づこうとした。

「あの……」

しかしそれに先んじて、川の向こうに他の人影が現れ、慌てて樹の陰に隠れる。

自分の容姿が、この世界では珍しいものであることは理解していた。そのため川から助けられた時に天嶄からそうされたように、長衫を脱いで頭に被る。

胴衣を着ていない胸もとは、天嶄のものと思われる紺色の長袍一枚に包まれた心許ない（こころもとない）状態になってしまったが、仕方がなかった。

樹の陰から息を潜めて銀嶺が見ているとも知らず、天嶄は川の向こう岸に現れた人物に軽く手を上げて挨拶する。

「よお、苑笙（えんしょう）。久しぶりだな」

「私は昨日もここへ来ましたが？　約束していた昨日、あなたが来なかったので、尚更しばらくぶりのように思うのでしょう……」

天嶄から苑笙と呼ばれたのは彼と同じくらいの年頃の青年で、一見すると女性と見間違うような端正な顔立ちをしていた。すらりと細身で、身なりも上品に整っているのだが、天嶄の鷹揚な態度に眉をひそめつつも辛辣な言葉を投げかけているところを見ると、どうやらかなりはっきりとものを言う人物のようだ。

「いったい何をしていたのです？」

鋭く問われ、銀嶺はまるで自分がそう聞かれたかのように、樹の陰で飛びあがりそうになってしまった。どきどきと暴れる心臓を必死に抑えながら、天嶄はいったいなんと答えるのだろうと見守っていると、彼は特に慌てた様子もなく、淡々と語る。

「川で宝を拾った。誰かに横取りされないうちに、それを私のものにしてしまうのに忙しかった……というところか」

「宝ねえ……」

それはまさか自分のことを言っているのかと思うと、銀嶺の胸はまた違った跳ね方をした。

（宝……）

昨夜彼に触れられた感触が、肌に甦ってしまいそうで困る。自分で自分の身体を抱きしめることで、その感触を必死に打ち消そうとした。

「それで、今回の注文はなんです？」

苑笙の問いかけに、天嶄が答える。

「そうだな。新しい筆と料紙を頼もうと思ってたんだが、それは次の機会にしよう……それよりはまず襦裙が欲しい。上等なものをひと揃い、それから着心地のいいものをいくつか……簪や耳墜なども適当に見繕って持ってきてくれ。ああ、沓と帯も必要だな」

「袍袴ではなく襦裙ねえ……いったいどんな宝を拾ったのだか……」

鋭く瞳を光らせる苑笙に、今度は天嶄も答えない。その代わり声音を少し変え、きっぱりと宣言した。

「お前には見せない。いや、他の誰にも絶対に見せない」

「はいはい」

肩を竦めて苑笙がその場を去ると、入れ替わりに今度は数人の屈強な体つきの男たちが、走り込んできた。

「天嶄の旦那！　聞きましたか！」

中の一人が岩も割れんばかりの大声で叫び、銀嶺は思わず両手で耳を塞ぐ。

「きゃっ」

しかし川べりに座った天嶄は、微動だにしていなかった。革製の甲冑のようなものを身に着けた強面な男たちにもまったく動じることなく、淡々と応じる。

「何をだ？」

川の流れの上でゆったりと竿を振り直す天嶄に、男たちは焦れたように叫んだ。

「天女ですよ！　天女が昨日、この川を流れてきたらしいんです！」

「――――！」

思いがけない言葉に銀嶺は表情を凍りつかせ、それから男たちに自分の姿が見えていないかどうか、もう一度確認した。念入りに樹の陰に隠れ直す。

（天女って……まさか私のこと……？）

川に流されているところを天嶄以外の人間にも見られていたことはともかく、その姿を見て、天女だとわかってしまったらしいことが衝撃だった。

（地上界の住人たちは天上界のことを知っているの？　私たち天女のことも？）

しかしよくよく男たちの話に耳を澄ましてみれば、どうやらそういうわけでもないようだ。騒ぎ立てる男たちを制して、口を開いた天嶄の声はきっぱりとしていた。

「天女なんているわけがないだろう」

一瞬の沈黙ののちに、男たちは身振り手振りを交えながら一斉に再び口を開く。

「そんなことは俺たちだってわかってますよ！　伝説の天女ほどに綺麗な女が、川を流れてきたって話です！」

「でもそれを、州候（しゅうこう）様の息子（むすこ）の剣正（けんせい）様が見ていて、あんな美しい女は見たことがない、天女に違いないからと、川の上流から下流まで捜させているんです！」

「見つけた者には報奨金も出るそうですよ！　天嶄の旦那は日がな一日この川べりに座ってるでしょう？　だったら昨日、何か見ませんでしたか？」

あまりのことに銀嶺は息が止まってしまうかと思った。男たちの問いかけに天嶄はなんと答えるのだろうか。知らないと嘯くか、それとも——。

しかしそれ以上銀嶺が悪い想像をめぐらす間もないほど、天嶄の答えは早かった。

「見ていない」

「そうですか」

「やっぱりそうですよねー」

男たちも本気で言っているわけではなく、半信半疑でその『天女』を捜しているのだ。天嶄の態度があまりにも潔いため、やはり夢まやかしのようなものなのだと互いに笑いあう。

「でも、もし見かけたら、俺たちに一番に教えてくださいね。お礼は報奨金の二割さしあげますから」

「五割」

天嶄がにやりと言い放ち、男たちは顔を見あわせて肩を竦めた。

「まったく抜け目がないな」

「わかりました。五割でいいですから、お願いしますね」

「わかった」

男たちが立ち去り、その姿がはるか丘の彼方に見えなくなっても、銀嶺は天嶄の後ろ姿に目を向け直すことができないでいた。

(五割……)

その報酬を得るために、天嶄は天女を——銀嶺を、あの男たちに引き渡すつもりだろうか。

「わかった」と彼は言った。それが言葉どおりの意味なら、天嶄は男たちの提案に乗ったことになる。

(どういうつもりなの?)

自分はこのまま天嶄の傍にいていいのか、それとも離れたほうがいいのか、銀嶺はしばらく考えあぐねていた。

するとそこに、今度はかわいらしい少年の声が聞こえてくる。

「天嶄、あの……」

これまでと異なり、川向こうではなく天嶄のすぐ傍に少年が駆け寄ってきたので、銀嶺は樹の陰でいっそう身を縮めた。自分を捜しているらしい男たちがいたこともあり、たとえ小さな子供にでも、姿を見られるわけにはいかない。

それでも、こんな幼い少年が天嶄になんの用だろうと興味は大きく、樹の陰から二人の様子をじっと眺めることはやめなかった。

着古した粗末な衣に身を包んだ少年は、困りきった表情をして、大きな瞳に溢れんばかりの涙をたたえている。

「今日が前回の魚の代金を払う日だったけど、父ちゃんの具合が悪くて、鳥も兎も獲りに行けなくて、あの……」

今にも泣き出してしまいそうな声で、それでも必死に言葉を継ぐ少年の様子は、見ているだけで銀嶺の胸まで痛むようだった。

早く返事をしてやればいいのにと思うが、天嶄はなかなか口を開かない。隣に佇む少年のほうを見ようともせず、川を向き続けている。

「ごめんなさい。もう少し待ってください……父ちゃんがよくなったら必ず払うから……」

ようやくのことで少年がそこまで言い終わると、天嶄はやっと言葉を発した。

「お前はこの間もそう言った」

その声音はあまりにも冷たく、少年の心境を察して、銀嶺は思わず「そんな！」と声を発してしまいそうになる。しかし実際にそうしなかったのは、ここに隠れていることを少年に知られるわけにはいかないという理性が働いたのと、そうするより先に天嶄が言葉を続けたからだ。

「前回だけじゃない。その前も、そのまた前も……お前の父親は、私が『少し』待てば、これまでの魚の代金を払えるほど元気になるのか？」

「それは……！」

それまで必死に涙をこらえているふうだった少年の表情が、天嶄の厳しい言葉によって、くしゃりと崩れた。ぽろぽろと大粒の涙を零し始めた様子は実にかわいそうで、銀嶺は今すぐ駆け寄って抱きしめてやりたい衝動に駆られたが、天嶄はいまだに少年のほうを向きもしない。

なんと冷たい男なのだろうという思いが、一瞬、銀嶺の胸を過ぎる。

泣き出した少年に、天嶄はぽつりぽつりと語った。

「果たすあてのない約束ならしないほうがいい。どんどん積み重なり、お前自身が苦しくなるだけだ」

「……はい」

少年は手の甲で必死に涙を拭いながら、無情な天嶄の言葉にも素直に頷く。健気でいじらしい。

俯く少年の前に、天嶄は彼が抱えきれないほどの大きな魚をさし出した。

「これを持っていけ。代金はこれまでの分もあわせて、父親ではなく、いつかお前が払えばいい。父親の跡を継いで、ゆくゆくは猟師になるんだろう？」

もってまわった優しさに少年は大きく表情を崩しながら、それでも魚はなかなか受け取れないようだった。

「でも……いつになったら父ちゃんが猟に連れていってくれるかわからないんだ。俺が本当に猟師になれるのかも……」

教えられたとおり、果たすあてのない約束を拒んでみせた少年に、天嶄がようやく顔を向けた。

「だったら猟師になれるまで、漁師になるか？　幸いこの川には、たくさんの魚がいる。一人ぐらい商売敵が増えても、私が困ることはないだろう。簡単なことなら、ここへ来れば私が教えてやる」

「いいの？」

まだ頬は涙に濡れたまま、少年の顔がぱっと輝いた。それを見つめる天嶄の眼差しの優しさに、銀嶺の胸はとくりと高鳴る。

「ああ、いつもここにいるわけじゃないが、うまく会えた時に教えてやるぐらいなんでもない。昼寝しながらでもできる」

「ありがとう、天嶄！　俺、さっそく父ちゃんに話してくるよ！」

今にも駆け出していきそうな少年の背中に、天嶄が「忘れ物だ」と声をかけた。両腕に余るほどの大きな魚を抱えさせられ、少年の笑顔が輝く。

「ありがとう、天嶄！」

その嬉しそうな声が、銀嶺はいつまでも耳から離れなかった。

（不思議な人……）

少年が去り、ようやく一人きりになった天嶄の広い背中をじっと見つめる。

入れ替わりでやってくる相手に対して、彼はさまざまな顔を見せたが、おそらくどれも本当の姿なのだろう。崑崙山にいた頃も飽きることなく眺めていたが、実際にはどのような人物なのだろうと、ますます興味が湧く。

このような場所で漁をして暮らしているには、身なりが立派で邸も豪華であり、身分が高い人物の仮の姿なのだろうということは銀嶺にも想像がつく。しかし詳しいことはわからない。共に過ごしていればいつかはわかるだろうかと考えていると、その背中が思いがけずこちらをふり返った。

「…………！」

銀嶺は慌てて樹の陰に姿を隠したが、ここにいることがわかってしまっただろうか。どきどきと胸の音を大きくしていると、いつの間にか背後に近づいてきていた天嶄に、頭から被った長衫をかけ直された。

「こんなところで何をしている?」

いつ彼が自分の背後に移動したのか、銀嶺はまったく気がついていなかった。

「え……?」

じっと見ていたはずなのにと訝りながら顔を上げると、黒曜石のような瞳と目があう。吸い込まれてしまいそうなその色に見惚(みと)れ、質問に答えることも忘れた銀嶺に、天嶄は腕組みをして首を傾げてみせる。

「さっきの男たちに捕まって州城(しゅうじょう)送りにされたいのか? 変態息子の玩具にされるぞ」

先ほどの男たちとの会話は聞いていただろうと見越し、冗談めかして告げられた事柄は、銀嶺にとってとても受け入れられるようなものではなかった。

「え? え……そんなのいやです!」

慌てて叫ぶ様子を目にし、天嶄の表情が柔らかく崩れる。

「そうか、いやか。ははっ」

(………!)

それはこの世界に落ちて彼に助けられてから、銀嶺が初めて目にした笑顔だった。天嶄はなぜか、銀嶺には厳しい顔ばかりを向けてくる。

しかし崑崙山にいた頃は泉の底によく見ていた表情であり、それを思い出すと締めつけられるように胸が痛む。

(私……？)

目鼻立ちがすっきりしており、どちらかといえば凜とした顔立ちの天嶄は、笑った時だけ切れ長の瞳の端がほんの少し下がる。それが彼の印象を柔らかくし、優しげに見せる。

その表情が、数ある顔の中でも銀嶺はことさらに好きだった。

(好き……って……！)

うっすらと自覚してはいても、本人を目の前にして想いを再確認すると気持ちが落ち着かない。あたふたとその場に立ちあがりかけ、途中でよろける銀嶺を、天嶄が腕に抱きあげる。

「おい、大丈夫か？」

「あ、はい」

しかし顔を上げると、彼の顔との距離があまりに近すぎ、銀嶺は慌ててもう一度視線を逸らす結果になる。

「………！」

垣間見えた天嶄の頬も心なし赤くなっていたように見えたので、どきどきと暴れる心臓の音がまったく落ち着かない。

「無理をするな。まだ歩くのも辛いはずだ」

「あ……」

昨日の彼との行為はそれほど激しいものだったと言われたようで、銀嶺の頬はますます赤くなる。

腕の中でおとなしくなった銀嶺の長い髪を隠すように、天嶄は丁寧に長衫をかけ直し、その優しい手つきから、少なくとも彼が報奨金目当てに、自分をあの屈強な男たちに引き渡すことはないだろうと銀嶺は考えた。

『お前は私のものだ』

行為の間中、情熱的に何度も囁かれたその言葉と、労るように抱きしめてくれる腕を、無心で信じたい気持ちだった。


邸へ連れ帰られた銀嶺は、昨日運ばれた臥室ではなく、その隣の居室へと連れていかれた。房室の中央の卓子の上には簡単な食事が準備されており、邸を出る前に食べなかったのかと天嶄に訊ねられる。

「気がつかなかったので……」

目覚めてすぐに天嶄の姿を捜して邸を出てしまったとは言いづらく、銀嶺は言葉を濁した。

実際、あの時は特に空腹でもなかった。天女は本来、それほど食事を必要としない。少しの水を飲んで果物さえ食べていれば、数日を過ごせる。

しかし地上界の住人はそうではないと銀嶺も知っており、怪しまれないためにはここで何か食べておいたほうがいいとわかる。天嶄に視線で示されるままに、卓子の前の榻に座った。

ひとまず手を伸ばしたのは、何かの果実と思われるものだった。天上界にも似たような実が生る樹があるので、おそらく大丈夫だろうとかじりついたが、天嶄にひどく驚いた顔をされる。

「おい、銀嶺！」

どうしてだろうと銀嶺が首を傾げてしまった疑問の答えは、すぐに身を以って知ることとなった。

「っ……！」

たとえ甘くなかったとしても、酸っぱいくらいだろうと思っていた口の中に、なんとも言えない苦みが広がる。このような味をこの世界の住人たちは好むのかと銀嶺は驚いたが、もちろんそうではない。

「皮ごと食べる奴があるか。こうして半分に割り、中を食べるものだろう」

「あ……！」

その果物の正しい食べ方を示してくれた天嶄は、笑い含みの呆れた調子ではあったが、銀嶺の正体を訝しんだふうではなかった。これ以上おかしなことをして怪しまれないように、行動には気をつけなければと自戒しながら、銀嶺はさし出された果物の半分を受け取る。

「ありがとうございます」

残り半分を天嶄が食べる様子を横目に見ながら、おそるおそる口へと運んだ。

「おいしい！」

思わず口に出して言ってしまったが、天嶄は「そうか」と頷いただけで、特に何かを訊ねることはない。自分の正体に疑問を持たれることはなかったようだと安心し、銀嶺は他のものにも手を伸ばす。

幸い、食べられそうにないものは並んでいなかった。動物の肉や魚などはこれまで口にしたことがなく、あったら困るところだったが、皿の上に載るのは果物以外には野菜や穀物ばかりだ。

天嶄は魚を獲ることが仕事であるのに、それはないのだと疑問に思った。

「獲るのはそれで生活するためだからな。釣った魚とさまざまなものを交換する。その野菜や果物だけじゃない。お前が着ている私の衣も、もとは魚と交換したものだ」

「ああ、そうですよね」

泉の向こうから見ていた光景を思い出し、銀嶺は頷く。すべてを魚と交換して手に入れるにしては天嶄の暮らしぶりは豊かすぎるのだが、それにはあえて言及しない。

身上について詳しく訊かれると、困ってしまうのは銀嶺のほうだ。それを訊かずにいてくれる天嶄に、銀嶺も細かく訊ねずにいる。

そうすると特に話すことがなく、簡単な食事が終わると、天嶄と向きあって座ったまま、することがなくなってしまった。

「…………」

「…………」

所在なさに耐えきれなくなったらしい天嶄が、先に席を立つ。

「じゃあ……お前はそこでゆっくりしていろ」

食事が載っていた皿などを片づけようとするので、銀嶺も慌てて立ちあがった。

「それぐらいは私が……！」

しかし思ったように身体が動かず、よろりとその場に倒れそうになる。

「きゃ……」

倒れることなく済んだのは、咄嗟に天嶄に抱き止められたからだった。腰にまわされた腕の感触に、意図せずして昨日の行為を思い出してしまう。

「…………！」

「無理をするな。お前が思っている以上に身体は疲弊しているはずだ」

そこに意味深な言葉をかけられ、銀嶺は天嶄の腕の中で身体を硬くした。

「そんなことは……」

ないと言いたいのに、言いきれない。確かに天嶄の言うとおり、普段のようには身体が動かない。どこがどうとははっきりわからないが、翠泉で溺れたこともあり、突然違う世界に落ちたこともあり、もちろん生まれて初めて身体を拓かれたこともあり、さまざまな理由から疲れはたまっているようだった。

「いいからそこで座っていろ」

「はい……すみません」

結局、示された榻におとなしく座り、天嶄が何もかもやってくれるのを黙って見ていることしかできない。

「ありがとうございます」

「別に……私だって食事をしたのだ。お前に礼を言われるようなことではない」

ぶっきらぼうに言い放った天嶄は、手際よく食事の後片づけをし、すぐに居室へと戻ってきた。しかし銀嶺とは離れた場所に座り、巻子(かんす)を広げたり、料紙に何かを書きつけたりしている。

他にすることもなくその様子を見ていた銀嶺だったが、彼が腰かけているのが小さな木製の椅子であることに気がついた。

(ひょっとして?)

銀嶺が榻を占領しているので、彼はその椅子にしか座ることができないのかもしれない。

座面に布が張られた肘掛けつきの上等な榻は、本来彼のためのもののはずだ。それなのに自分が独占してと思うと、銀嶺は申し訳ない気持ちになる。

「あの、天嶄様……どうぞこちらへ来て私と一緒に座ってください」

勇気を出して声をかけてみると、天嶄が大きく目を見開いて驚いたような顔でふり返った。

自分はそれほどおかしなことを言っただろうかと、銀嶺は首を傾げる。

その仕種に、何かに思い当たったかのように小さく笑って肩を竦め、天嶄は言われるままに隣へと移動してきた。

「それは……私を誘っているのか？」

「誘う？」

いったいなんの話だろうともう一度首を傾げ、それから艶っぽい意味に思い当たり、銀嶺は顔を真っ赤にする。

「ち、違います！　私はただ本当に、天嶄様も隣に座ればいいのにと思って……！　他意はありません！」

「そうだろうな。だがお前はもう少し注意深くなったほうがいい。そんなふうに言われれば、男はみんな誤解する」

話の内容とはまるで関係なく、天嶄の手が銀嶺の頬へ伸びる。

「天嶄様？」

彼のほうへ顔を向けさせられ、ゆっくりと唇を重ねられた。

「ん？　んんっ」

どうして突然そういうことをされるのかと、大きく見開いた瞳を銀嶺は慌てて閉じる。そうすると口づけが角度を変えてより深くなる。

「んっ……っう……ぁ」

天嶄の舌は歯列をなぞり、それを強引に開かせると、奥へ逃げようとする銀嶺の舌をねっとりと搦め捕った。

「う、ンっ……っつ」

強く吸われ、引きずり出して舐められる。そうかと思えば表面を擦りつけられ、ぴたりと重ねられる。

「は、っ……つんん……ぁ」

散々に翻弄され、惑わされてからようやく解放されたが、その頃にはすっかり銀嶺の身体からは力が抜けきっていた。横倒しにふらりと倒れそうになったところを、天嶄に抱き止められる。

「おっと」

「あ、すみませ……」

慌てて離れようとしたが、抱き寄せたまま、彼は腕を解こうとしなかった。

「……て、天嶄様?」

口づけの余韻で息も絶え絶えになりながら、呼びかけても反応はなく、かえって胸に抱き込むような格好へと、腕の拘束は強くなる。

「あの……」

先ほどの口づけで銀嶺の身体の熱はすっかり高まり、胸の鼓動も速くなってしまっていた。このまま抱きあっているとますますひどくなりそうなので、できれば早く解放してほしいのに、天嶄は放すどころか返事もくれない。

「もう大丈夫です。放してください」

少し失礼な言い方かと思ったが、これぐらい言わなければわかってもらえそうになく、銀嶺は声を上げた。軽く胸を押し返す仕種も加えたが、やはり反応がない。

「天嶄様?」

二度目の呼びかけにようやく銀嶺を胸から放した天嶄は、その顔をしげしげと見つめ、怒ったように眉根を寄せた。

「そんな声で私を呼ぶな。そんな顔を見せるな。昨日の今日で無理はさせられないと思っているのに、我慢が利かなくなる」

「え……」

どきりと大きく胸を跳ねさせるようなことを言い、天嶄は銀嶺の肩口に顔を伏せる。

「あの……」

意味深なことを告げられたせいで、ほんの些細なことでもそれに過敏に神経が集中するようになってしまった。彼が額をつけた肩から、身体の熱が全身に広がっていくように感じる。どくどくと心臓の音が耳の奥でうるさく、銀嶺は天嶄に懇願する。

「お願いだからもう放してください」

長袍の袖を軽く引きながら、控え目を心がけての懇願だったが、それが天嶄の意識の何かに触れたらしく、逆に抱きしめる腕に力がこもった。

「いやだと言ったら？」

「天嶄様？」

「お前が悪い。甘えたような声を出して……もう少し注意深くなれと、さっきも言ったはずだ」

言葉が終わるか終わらないかのうちに、天嶄は銀嶺の衣の合わせ目を強引に開き、肩からずり下ろしていた。

「きゃっ」

もとより天嶄から借りた男ものの長袍だ。銀嶺には大きく、胸の下で帯を結んでようやく着ている状態だったので、合わせ目を左右に開かれれば簡単に肩から落ちてしまう。

しかも胴衣は着ていなかったので、たったそれだけの行為で、銀嶺の白い胸の膨らみは天嶄の目の前に完全に晒されてしまった。

「や、どうして……？」

両手で覆って隠してしまいたいのに、半端に脱がされた長袍が手枷のようになり、銀嶺は身動きが取れない。恥じらう銀嶺の身体を抱きあげ、向かいあわせの格好で、天嶄は自分の膝の上に座らせた。

「えっ、何を？」

焦る銀嶺を天嶄は睨むように見つめ、怒ったふうな声で告げる。

「私と一緒に座りたかったのだろう。これでも一緒には違いない」

「でも……！」

両胸の膨らみを剥き出しにされた銀嶺は、それを天嶄の目の前につき出すような格好だ。しかも天嶄が少し顔を近づければ、高い鼻の先が胸の先端に簡単に届いてしまうほどの距離であり、緊張感はただならない。

「私はへそ曲がりだからな。お願いなどと言われたら、ますます放したくなくなる。ばかな奴だ」

「そんな！　そんなの私、知らな……」

「だからこれからは覚えておけと言っている」

腰に手をまわして銀嶺が後ろへ逃げることも完全に封じた天嶄が、少し身を屈めて顔を寄せ、胸の先端の突起にふうっと息を吹きかけた。

「あっ！　や……やめ……っ」

昨日の情事で散々にいたぶられ、敏感に開発された器官は、ただそれだけの刺激で硬く尖ってしまう。じんとした疼きを身体に走らせるほどに張りつめ、更なる刺激を待ち構えるかのように紅く色づいて震える。

「たった一度のことで、すっかり育ったな。昨日まではまだ何も知らない身体だったのに、実に覚えがいい。いやらしい身体だ」

自分でもそう思っても、目の前で見ている天嶄に言葉にされると恥ずかしい。

「いや……」

銀嶺は今すぐ消えてなくなってしまいたい思いだった。

しかし辱めはそれだけでは終わらない。今度は反対の突起に、天嶄がゆっくりと舌を伸ばし、触れるか触れないかのあたりで顔を止める。

「あ……あ……」

いつ彼の口腔内に含まれてしまうかの緊張だけで蕾はしこり、息を吹きかけられた反対の蕾と同じようにぴくぴくと小刻みに震えた。

「や、あ……」

銀嶺自身も息が荒くなり、熱い吐息が口から漏れてしまうのを我慢できない。

それなのに期待する刺激はいつまでも与えられず、天嶄はその位置でずっと舌を止めている。

「や、いや……」

時折舌を伸ばし、先端にかすかに触れてくるので尚更始末が悪い。猛獣の前でいつ食べられるかもしれない小動物になったかのような気分で、銀嶺は長い時を過ごした。

「ん……や……もう、や」

いっそひと思いに触れてほしいのか、それともこの責め苦から解放してほしいのか、自分の本心がもうよくわからない。衝動的に天嶄の舌に自分から蕾を押しつけてしまいそうになり、すんでで思い留まる。

「はあっ……や……ぁ」

長裙は穿かずに天嶄の上に跨るような格好で座らされているため、秘所から溢れた愛液は、天嶄の袴を濡らしてしまっていた。恥ずかしく、申し訳なく、銀嶺は膝の上で身じろぎする。

その時を待っていたかのように、天嶄は目の前で震える赤い果実を、伸ばした舌でねっとりと搦め捕るようにして口腔内に含んだ。

「あんっ、ああぁっ」

それだけで軽く達してしまったかのように、銀嶺の身体には衝撃が走った。散々焦らされた末にようやく与えられた刺激は、まだ慣れない身体には辛く、膝の上で後方に倒れそうになる。その動きを利用して、天峭が銀嶺の秘所に手を潜らせた。

「すごいな」

恥ずかしいほどにその場所を濡らしてしまっていることは自分でもわかっていたので、笑いを含んだ声で感想を告げられても、銀嶺は必死で羞恥に耐えた。

しかし指を前後に動かし、わざとぴちゃぴちゃと大きな水音を立てられると、さすがに耐えがたい。

「いや、いや……」

首を振る銀嶺に、天峭が胸の突起を舌先で転がしながら問いかけてくる。

「どうしてほしい？」

「も、もうやめてくださ……」

銀嶺は正直に答えたが、天峭にはふんと鼻で笑われた。

「ばかな奴だ」

蜜がしとどに溢れる入り口付近を撫でていた指が、角度を変えて蜜壺の中に突き入れられる。

「あああっ」

衝撃で後ろに倒れそうになった身体は、再びまっすぐに抱え起こされ、胎内に挿入った指が濡れた襞を擦るようにして、銀嶺の中を激しく出入りする。

「あっ、あ、や……あっ」

「やめてほしいなどと言われたら、よけいにしたくなると先に教えてやったのに、正直に答えてどうする」

「あ……ああっ」

それでは本心とは逆のことを言えばやめてもらえたのかと、銀嶺は与えられる刺激のせいではっきりしない頭で考える。

「もう一度聞いてやる。さあ、どうしてほしい?」

問いかけられる間にも指の動きはますます激しく、速くなっている。このままではその動きに翻弄され、指だけで快感の頂点に押しあげられてしまいそうで、銀嶺は息も絶え絶えになりながら必死で言葉を紡ぐ。

「あんっ、あ……もっとぉ……もっとしてくださ……ああっ」

自ら行為をねだる言葉は恥ずかしく、もう天嶄の顔を見られない心境だったが、これで解放してもらえるのならばとの一心だった。

それなのに銀嶺の懇願を聞いた天嶄は、秘所に挿入していた指を引き抜き、代わりに袴をずらして取り出した己のものを、ためらうことなくその場所へ突き入れる。

「わかった」

背をしならせて叫んだ銀嶺は、硬くて太い天嶄のもので身体の中心を下から串刺しにされ、あまりの衝撃に身悶えした。

「あ？　あああんっ、やあっ」

「あ、どうして？　……どうしてぇ……っああ」

腰を掴んで身体を上下に動かされ、熱く硬いものを激しく出し入れされながら、涙ながらに問いかける。

確か本心と逆のことを言えば、天嶄はそのとおりにしてくれるはずだった。だから銀嶺は羞恥に耐えて恥ずかしい言葉を口にしたというのに、これでは更にその逆だ。銀嶺が願ったままにもっと淫らな行為へと、段階が進んでしまっている。

「気が変わった。あんなかわいらしい声でねだったお前が悪い」

天嶄は悪びれもせずにそう言い放ち、銀嶺の細腰を両手で掴み、その臀部(でんぶ)を自分のものの根もとに打ちつけるようにして激しく上下させる。

「そんなぁ……あっ……あん、あんっっ！」

肌と肌がぶつかりあうぱんぱんと乾いた音と、濡れそぼった蜜壺を硬いもので激しくかき混ぜられるじゅぶじゅぶという水音が、房室に大きく響いていた。

両胸を剥き出しにされた銀嶺は天嶄の上で脚を開かされ、大きく身体を上下させられている。一見すると銀嶺のほうが積極的に行為をおこなっているかのような体位で、恥ずかしく

てたまらない。

「あんっ、や……ああっ、ああん」

髪を振って昨日以上に乱れてしまっているのは、この格好のせいもあった。

「お願……あっ、お願い……っん」

「なんだ?」

息を弾ませた天嶄が聞き返してくる。この場合は本心のままに願ったほうがいいのか、それとも逆を言ったほうがいいのか、迷いながらも銀嶺は本音を口にする。

「もっとゆっくり……あ、優しくしてくださ……あっ」

「わかった」

最後まで言い終わらないうちに天嶄がにやりと笑い、銀嶺がしまったと思った時にはもう遅かった。これまでの倍もの速さで身体を上下させられ、白く華奢な身体を天嶄の逞しい体躯の上で揺さぶりたてられる。

「ああぁっ、やっ、や、きゃあっ……んんっ」

あっという間に快感の頂点に追いあげられ、銀嶺は全身を突っ張らせてびくびくと痙攣した。

「あっ! あああ――っっ! っ……んっ」

それからぐったりと全身の力が抜け、天嶄の上に倒れ込んでしまう。

「こんな……あ、ひどい……っ」

びくんびくんと脈動する蜜壺は、まだ挿入ったままの天嶄のものをぎゅうぎゅうと締めつける。

それには少し眉根を寄せながらも、天嶄は汗で額に貼りついた銀嶺の髪をかき上げ、悪びれもしない。

「仕方がないだろう。お願いなどと言われたらますますしたくなると、さっきも教えたはずだ。覚えの悪いお前が悪い」

「そんなぁ……」

それでもまだ慣れない身で、負担が大きかったのではないかと心配はしてくれたようだ。

額を撫でてくれる手が優しかったので、銀嶺は正直に答えた。

「大丈夫か？」

「はい、大丈夫です」

実際、痛みや苦しさのようなものはなかった。ただ天嶄と身体を繋いだのはまだ二回目だというのに、激しい抽挿ですぐに快感を引きずり出され、自分の意志とは関係なく乱れてしまうことが怖い。しかもそれが、初めての時よりひどくなっているように感じる。

これが普通のことなのか、自分が異常なのかわからず不安だと伝えると、天嶄には一笑にふされた。

「異常などではない。普通のことだ」

「そうですか……」

しかし銀嶺がほっと息を吐くと、天嶄はこほんと一つ咳払いし、その身体を抱き直す。

「だが少し……普通より感度がよすぎるかもしれない……」

声音が変わったので、それは実は深刻なことなのではないかと、銀嶺は再び不安になる。

「そうなのですか？」

「試してみるか？」

答える間もなく、榻に仰向け(あおむ)に寝かされていた。

「あ……」

交わりはまだ解いていないので、横になった状態で座る天嶄と身体を繋いだ格好になってしまう。

彼のものを深く咥え込んだ秘所も、晒け出された胸の膨らみも、天嶄からは丸見えの状態で、羞恥に染まる顔さえも上から見下ろされているような体位が、銀嶺は恥ずかしくてたまらない。

「見ないでください……」

震える声で願うのに、天嶄はその顔をじっと見つめたままゆっくりと抽挿を再開する。

「いやだ」

ずるりと引き抜かれ、また押し込まれる熱棒が、一度極めてしまったために敏感になっている肉襞を擦り、高まる快感も漏れる声もこらえることなどできない。

「あっ……あ……あんっ」

「もう悦いのか？」

天嶄に訊ねられ、やはり自分は普通ではないのだろうかと、銀嶺は不安になる。それでも正直に、今の身体の状態を伝えた。

「はい……」

「それは、思った以上に早いな」

「……はい」

うな垂れるような思いで言葉をくり返すと、とんと一回最奥を突かれる。

「きゃあっん……あ……」

大きな悲鳴が恥ずかしく、銀嶺が両手で口を覆おうとすると、天嶄にその手を摑まれる。再び顔をのぞき込みながら、ゆっくりと熱棒を出し入れされた。

「何を勘違いしている？　私は褒めているんだ」

「え……？」

驚きに目をみはる銀嶺を見下ろし、天嶄は更に抽挿をくり返す。

「ほんの少し動いただけで、もう悦くなれるなんて、単に与えられた刺激が気持ちよかったか？」

だけではないだろう。他に何がよかった？　感じている顔を私に見られているとでも思った

「あ……あ、はいっ」

見事に言い当てられ、赤く染まる顔をしっかりと見直されたので、指摘を肯定するかのよ

うに、蜜壺が勝手に彼のものをきつく締めつけてしまう。

「だろうな。こうして出入りしているところまではっきりと見えていると言ったら、それだ

けでまた感じてしまうのだろう？」

「あっ……いや……」

確かに天嶄の言うとおり、彼と繫がっている箇所を見られているのかと思うとそれだけで、

銀嶺の身体の奥は甘く疼き、愛液が溢れ出した。

「かわいい奴だ。これから実に育てがいがある。それに……」

天嶄はそこでいったん言葉を切り、横たわる銀嶺の上に半身を倒してきた。

顎を指先で捕らえられて動きを封じられた銀嶺の唇に、天嶄の引き締まった唇がゆっくり

と重なる。

「んっ……ん、う……」

深く口づけられながらまたそこで抽挿をくり返され、それから天嶄の上体はもとに戻って

いった。

「あっ……あっ……あ」

擦られ続ける蜜壺の快感はこらえきれないほどに高まり、銀嶺はまたいつ絶頂を迎えてもおかしくない状態になってしまっている。愛液が溢れる秘所をかき混ぜるようにして天斬に出入りされ、びくびくと身体が震える。

「あん……あっ、私……っん」

今にも極めそうな銀嶺の頬を、天斬の大きな掌が撫でた。

「何をしてもそんなに感じられては、まるで私のことがこんなに好きだと、ずっと打ち明けられているかのようだ」

「え？　ああっ」

思いがけない言葉に天斬の顔をふり仰ぐと、初めて目にするような優しげな笑顔で見下ろされており、ぎゅっと胸が締めつけられるのと同時に、銀嶺の身体の奥も窄(すぼ)まる。

「ほら、また……これは、信じてもいいということか？」

再び半身を倒してきた天斬が、今度は顔の横に顔を伏せ、軽く体重をかけて胸も腹も銀嶺の上にぴたりと重ねる。

「あっ、あ……」

温かな体温を全身で感じ、これまでで一番彼と一つになれていると思っただけで、銀嶺はまた極めてしまいそうになる。

「私のことが好きなのか？」

耳に息を吹き込むようにして囁きかけられ、銀嶺はこらえきれずに天蘄の背中に腕をまわし、きつく抱きついてしまった。

「はい……っあ、好き……好きです……あん」

「無理やりお前を自分のものにしたような男でも？」

「ちが……あ、私は……っ」

ずっと以前からその姿を見ており、ひそかに天蘄に恋をしていた——それは銀嶺にとっては偽りのない真実だが、自分の正体は天女であると教えてもいない相手に、話しても信じてもらえるような想いではない。

それなのに天蘄はその先を訊かせろとばかりに、銀嶺を甘く責めてくる。

「私は……なんだ？」

ことさらゆっくりと熱棒を引き抜かれ、それが押し入る感覚を改めて実感させるように更にゆっくりと挿入される。それも息も止まりそうなほど奥まで押し入りながら問われるので、銀嶺はもう正常に思考する理性も残っていない。

胎内を天蘄に充たされるのと同時に、押し出されるように口から本音が漏れた。

「ずっと天蘄様が好きでした……あ、あぁ……お会いする前からずっと……ああんっ」

言ってしまったのと同時に緩やかに頂点を極めてしまい、銀嶺は天蘄の身体の下でぐったりと脱力する。その身体を嬉しげに抱きしめ、天嶄は大きく息を吐いた。

「かわいいことを言ってくれる。銀嶺……ああ、やっぱりお前は最高だ。絶対、手放さない。誰にも譲らない」

「はい……」

重なる疲労から意識を手放していく銀嶺の胎内を、それでもまだ天嶄は攪拌しているようだったが、彼に褒めてもらえた喜びを胸に銀嶺はその後意識を途絶えさせてしまったので、それからのことはよくわからなかった。


その日から銀嶺は、天嶄の邸で彼と共に暮らすようになった。夜はもちろんその隣に寄り添うが、昼も離れずに、天嶄が川べりの大岩の近くで釣りをする時は、共についていく。

髪の色が目立たないように、頭には大きな布を被ることにした。それは着ている襦裙と共に、苑笙というあの若者が準備してくれたものだ。

天嶄から初めてそれを受け取った日、これで外を歩きまわることもできると銀嶺は大喜びしたが、天嶄はあまりいい顔をしなかった。その理由は、それでも強引に彼についていき、初めて苑笙と実際に対峙した時、銀嶺にも理解することができた。

「へえ、絶対誰にも見せないのではなかったのですか？」

「くっ……」

苑笙の言葉で天嶄が悔しそうに顔を歪めたのは、樹の陰から二人のやり取りを銀嶺が盗み見たあの日に、彼は確かにそう宣言していたからだ。

「本人の希望だから仕方がない」

銀嶺がどうしても外に行きたがったのだと、苦渋の表情で語る天嶄を、苑笙は怜悧な印象の無表情で追いつめる。

「なるほど、彼女の願いなら自分の意地も曲げるほど大切に思っているのですね」

「うっ……」

「だ、そうですよ、お嬢さん。この人は偉そうな上に肝心なことは言葉にしないのでいろいろ不安もあるでしょうが、もし一緒にいるのをためらうようなことがあったら、どうか今の言葉を思い出してやってください」

「え？　あ……」

突然自分に話を振られ、驚きのあまり銀嶺の返事が遅くなっているうちに、苑笙との間に天嶄が割って入り「よけいなお世話だ」と怒る。

それでもその天嶄の背中から顔を出し、銀嶺は苑笙に自分の口から礼を伝えた。

「わかりました。必ず覚えておきます。ご忠告も、この綺麗な布や衣も、本当にありがとうございました」

「ええ」

銀嶺が見た限り、あまり表情の変わらない苑笙だが、その時だけはかすかに笑ってくれたように思う。でも実際にはどうだろう。

あれからいくら天嶄に訊ねても、「そんなことはない」「あいつの話はもうするな」「あいつの戯言(ざれごと)ももう忘れろ」と言われるばかりだ。

それでも銀嶺は、決して忘れることなく覚えていようと心の中で思っていた。

自分は天嶄のことを好きだが、彼は自分のことをどう思っているのか、まだはっきりとは聞かせてもらっていない。「私のものだ」「誰にも譲らない」とは言われるが、それは単に所有権を主張している言葉のようにも受け取れる。

いつか本当の気持ちを聞かせてもらえるまで、先ほど苑笙が解釈してくれたことを心の支えにしようと思う。

『自分の意地も曲げるほど大切に思っている』

もしそれが本当の天嶄の気持ちならば、これほど嬉しいことはない。そのため天嶄にどれだけ否定されても、心の中でこっそりと反芻(はんすう)することだけはやめない。

「何を浮かれている？」

隣に座る天嶄に問いかけられたので、銀嶺は顔を上げた。

「え？」

苑笙が来た時のことを思い出しながら、川に垂らした竿の先を見ていたつもりだったのだが、自分はそれほど浮かれた顔をしていただろうか。

そっと頬を撫でてみると、天嶄はぷいっと横を向いてしまった。

「自覚がないのならいい」

「はい……」

どうして天嶄は不機嫌になってしまったのだろうと思いながら、再び川面に視線を向けていると、しばらくしてぽつりともう一度天嶄が口を開く。

「やっぱり外に出られて嬉しいか?」

「あ……」

銀嶺が嬉しそうにしている理由を、外に出られたからなのだと思い、それを阻止しようとしていた天嶄としては少なからず傷ついているのだと思い当たった。

確かに外に出られたことは嬉しいが、銀嶺の気持ちが浮き立っているのはそのせいばかりではない。浮かれた顔をしていたのならそれはおそらく、崑崙山にいた頃ずっと日課のように眺めていた川べりで釣りをする天嶄の姿を、またこうして見られたことが嬉しかったからだ。それもすぐ隣、手を伸ばせば触れられる位置にいることがいまだに信じられない。

「嬉しいのは、天嶄様の隣にいるからです」

想いを言葉にすると、はっとしたような顔を向けられた。天嶄は時々こういう表情をする。

普段はきりりとした強面で、いかにも銀嶺より年上らしい大人の顔をしているのに、時折まるで少年のような顔になる。

それは決まって、銀嶺が何か彼の思いもしなかったようなことをしたり言ったりした時で、ひょっとすると自分だけが知っている表情かもしれないと思うと、特別に嬉しく愛おしい。

今もまた、思わず抱きついてしまいたい衝動に駆られたのだが、銀嶺は必死にそれを耐えた。

「私の隣に？」

問い返してくる天嶄を、もしもう一度驚かせるような返事ができたら、またあの顔を見ることができるのではないかと夢中になる。

「はい。ずっと夢だったので」

「夢？」

「ええ。私は天嶄様の隣に行きたいと、ずっと願っていたのです」

目論見は失敗で、天嶄の驚いた顔を見ることはできなかったが、それとはまた違った慈しむような微笑を見られたので、銀嶺はよしとした。

「おかしな奴だ」

表情ほど言葉は優しくなくとも、大きな手を頭の後ろへまわされ、そのまま彼のほうへ引き寄せられる。それはこうして同じ世界で、並んで座っているからこそできることだ。遠い世界からただずっと彼を見ていた銀嶺には、そのありがたさが痛いほどにわかる。

「銀嶺」

目前に迫った切れ長の瞳を伏せながら名前を呼ばれたので、銀嶺も瞼を伏せた。

「天嶄様……」

いつものように、このまま唇を重ねられると思っていた。しかし――。

(……天嶄様?)

どれほど待ってもその唇が近づく気配がしない。

いったいどうしたのだろうかとおそるおそる瞳を開いてみた銀嶺は、いつの間にか天嶄との間に見覚えのある少年の顔が割って入ってきている状態に、思わず小さな悲鳴を上げてしまった。

「きゃっ」

それは銀嶺が樹の陰から川べりの様子を盗み見ていたあの日に、天嶄に釣りを教えてもらうと約束していた少年だった。

天嶄は銀嶺よりも先にその存在に気づいたようで、怒ったような困ったような複雑な表情をしている。

「どうした、小陽」

「どうしたって……ここでうまく会えたら、その時は釣りを教えてやるって天嶄が言ったんじゃないか」

小陽と呼ばれた少年は丸い瞳を輝かせて、口を尖らせる。

「そうだったな。じゃあとりあえずここへ座れ」

天嶄はさりげなく銀嶺を背中へ隠し、小陽に向き直ったが、すばしこい小陽は天嶄の背後をのぞき込み、いたずらめいた声を上げる。

「誰？　天嶄の好い人？」

「小陽！」

天嶄は耳を真っ赤にして片手を振りあげる真似をしたが、銀嶺としては小陽の言葉も、それに対する天嶄の反応も、どちらも嬉しいものだった。

「銀嶺よ、初めまして、小陽」

感謝の気持ちを込めてにっこりと微笑みかけると、小陽の頬も心なしか赤く染まる。

「初めまして、銀嶺……姉ちゃん」

「おい、私は呼び捨てで、銀嶺はそうじゃないというのはどういうことだ？」

小陽のためにもう一本竿を準備しながら、天嶄が憮然とした顔でふり返る。

「だってこんなに綺麗な女の人、今まで見たことがないもん。いいだろ、なんて呼んだって」

「子供のくせに油断ならない奴だ」

小陽を相手にすると天嶄のまた違った顔が見られ、銀嶺はそれが嬉しかった。

二人の邪魔をしないため、少し離れた樹の陰まで移動し、天嶄が小陽に魚の釣り方を教える様子を見守る。

こうしているとまるで家族のようだと一瞬思いかけ、その自分の発想が恥ずかしく、銀嶺はぶるぶると乱暴に頭を振った。

(何を考えているの……そんな……)

しかしこのまま天嶄と共に暮らしていれば、いつかはそんな未来が来るのかもしれない。

——彼との間に新しい生命を授かり、それを二人で慈しみ育てる未来。

だがそれは果たして、二人がもともと住む世界が違っていても、叶えることのできる未来なのだろうか。自分はこれから先もずっと天嶄と一緒に、生きることができるのだろうか。

天上界で暮らしていた頃は考えたこともなかった事柄のため、その正しい答えは銀嶺にもわからない。

(天上界……)

懐かしくも複雑な気持ちで、あちらの世界を思い出していると、思いがけないものが銀嶺の視界に飛び込んできた。

「おおっ、釣れた！　釣れたよ、銀嶺姉ちゃん！」

小陽の嬉しそうな声と、

「ばか、よく見ろ。それは魚じゃないだろう」

天嶄の呆れたような声。

初めての経験だったので、おそらく小陽が何か失敗したのだろう。

いったい何を釣りあげたのだろうと笑顔でそちらに顔を向けた銀嶺の表情が、次の瞬間、緊張で凝り固まった。

「え……？」

「見て！　すごく大きな葉っぱ！」

「葉っぱを自慢してもしょうがないだろう。早く捨てろ。次を釣るぞ」

「ちぇっ」

自分の顔よりも大きな植物の葉を、小陽が竿から取って川面に返そうとし、銀嶺は慌てて地面を蹴った。

「待って！　待ってちょうだい！」

「姉ちゃん？」

「銀嶺？」

二人が訝しげな表情を向けてきたが無理もない。銀嶺が突然血相を変えて駆け寄ってきたのだ。

銀嶺は小陽が捨てようとしていた葉を貰うと、震える手でそれを目の前に広げてみた。

形は人の掌と同じ。大きさは顔よりも大きいほど。肉厚で濃い茶色をしており、少し甘い香りがする。

(間違いないわ！)

覚えている特徴と照らしあわせ、銀嶺はその葉を、崑崙山の翠泉の畔に生えている文玉樹の葉だと確認した。もともと泉に落ちたその葉を拾い集めることを仕事としていたのだから、銀嶺が見間違うはずもない。

しかし天上界のものがこの世界にあることを考えると、これはかなり重要な問題だった。

天上界には、この世界の者から見れば宝と言われるものが数多く存在する。さまざまな効能を持つ実が生る宝樹もその中の一つで、文玉樹はその一本だ。

食べればなんでも願いを叶えることができる実が生るのだそうだが、実際に実ったところは銀嶺も見たことがない。その代わりその効能は、実ばかりでなく葉にもわずかながら反映される。

翠泉を通ってその葉が地上界へと落ちることを防ぐため、銀嶺の役目はあった。いなくなったのちも、誰かが引き継いだはずだが、その葉がこうしてこちらの世界に来てしまっているところを見ると、やはり引き継ぎが完全ではなかったのかもしれない。

(私のせいだわ……どうしよう……)

いくら悩んでも、今崑崙山にいるわけでもなく、帰れるあてもない銀嶺ではどうしようもない。

「銀嶺、どうした？」

このあたりでは見慣れない大きな葉を見つめたまま、銀嶺が立ち竦んでいる様子を心配して、天嶄も声をかけてきてくれたが、なんとも答えることができなかった。

「いいえ、なんでも……」

天上界に関することは、いくら天嶄にでも相談することはできない。

「珍しい葉だなと思っただけです」

「そうか。だったらいいが」

銀嶺の苦しい言い訳に納得したふりをして、天嶄は小陽に釣りを教えることを再開したが、実際には納得していないだろうことは後ろ姿からもよくわかった。

もともと勘の鋭い人物だとは思うが、こと銀嶺に関しては、天嶄は神がかり的な勘のよさを発揮する。些細な変化も敏感に感じ取ってしまうのに、隠しごとなどできるはずがない。

しかし天上界の話は、簡単に打ち明けられるものでもない。

心の中に葛藤（かっとう）を抱えながら、銀嶺はその葉をひとまず天嶄の邸に持ち帰ることにした。

「じゃあね、天嶄、銀嶺姉ちゃん。今日はありがとう。おかげで父ちゃんにいいお土産（みやげ）ができたよ！」

その日、小陽が釣った魚は、小さなものが五匹ほどだった。天嶄に言わせれば、何かと交換できるほどの売りものにはならないが、土産に持って帰るにはじゅうぶんらしい。

陽が沈み始める頃、小陽は満面の笑みで帰っていった。

それと共に自分たちも帰るのだと銀嶺は思っていたが、道具をまとめ終わった天嶄は、なかなかその場から立ちあがらない。

「天嶄様？」

どうしたのだろうと顔をのぞき込むと、強く手を引いてその胸に抱き寄せられた。

「どうしたのですか？　……んっ」

突然口づけられ、それから天嶄は妖しく瞳を煌めかせる。

「小陽にすっかり邪魔をされたからな。あいつが来る前の続きをしよう」

「んっ……っあ」

返事をする間もなく口づけの雨を降らされ、銀嶺は衣を乱されていった。

「はんっ……だめ……っ」

暗くなり始めたとはいえ外で、それもいつ誰が来るかもしれないこんな場所で、衣を脱がされてはたまらない。銀嶺は本気で抵抗するのに、天嶄もかなり本気で、強引に胸もとに手を挿し入れてくる。

「あ、いや……っ」

「いやなのか？　そのわりにはもうこんなに硬くなっている」

後ろから抱きすくめるような格好で、胸の膨らみを揉まれた。尖ってしまっていた先端の蕾を指で潰すようにして捏ねられ、銀嶺は身体を捩って拘束から逃れようとする。

しかし天嶄の腕からは逃げられない。膨らみの中に押し込むようにして蕾をいたぶられる。

「あん、だめ……ぇ」

天嶄の手の動きは早急で、まるで何かに焦っているようにも感じた。

せっかく彼に誂えてもらい、苑笙に届けてもらった色鮮やかな長裙の腰紐を解かれ、足首まで引き下ろされる。

「ああ、いやぁ……」

長襦や上衫は着たままなのですべて露出してしまったわけではないが、天嶄は上衣の裾部分を捲り、銀嶺の秘めたる場所にじかに触れてきた。

「待って、天嶄様……こんなところで……あぁっ」

気持ちは抗っても彼との行為にすっかり慣らされてしまった身体は抗えず、天嶄に触れられれば濡れてしまう。

ぴちゃぴちゃと音を鳴らして蜜口を撫で、その濡れ具合を確かめてから、天嶄は背後から銀嶺に覆い被さってきた。

「そこに摑まっていろ」

大岩に向かって銀嶺に手を伸ばさせ、それに縋らせたような格好だ。天嶄に向かって突き出した臀部の側面を摑まれ、ゆっくりと後ろから挿入される。

「ああっ、ああ……ん、っ……」

こんな場所でこんな格好でも、天嶄に押し入られれば易々とそれを受け止め、嬉々として締めつけてしまう自分の身体が銀嶺は恨めしかった。

「はんっ、だめ……ああっ、いや……」

がくがくと身体を前後に揺するようにして抽挿され、言葉では抗うのに、身体はまったく違う反応を示す。もっともっとと貪欲に天嶄のものを求め、更に奥へ誘（いざな）おうとする。

「身体のほうが正直だぞ、銀嶺。私のものに必死に絡みついてくる」

「ああ、あ……ちが……いやぁ……あん」

銀嶺は首を振って悶えたが、天嶄の指摘を否定することはできなかった。天嶄のものが大きく出入りをくり返す場所から、痺れてしまいそうな快感が全身に広がる。

足ががくがくと震え、立っていることが辛いのに、室内ではないのでこの場に座り込むこともできない。震える脚を懸命にこらえ、激しい律動を必死で受け止める。

「あっ、ああっ、ああぁ……ん」

限界の時は早かった。銀嶺が全身の肌を粟立（あわだ）たせて絶頂を迎えると、天嶄も後ろから挿し

入れていた己のものを抜く。しかしそれで終わりではない。

銀嶺はくるりと身体を反転させられ、天嶄と向かいあった格好で、片方の脚を大きく上げさせられる。

「待って！　待ってくださ……ああっ」

懇願も虚しく、まだ絶頂の余韻でわなないている蜜壺を、今度は下から突き上げるように貫かれた。

「あんっ、や、天嶄様ぁ……」

天嶄の動きは容赦なく、まるで箍が外れてしまったかのように銀嶺の蜜壺を突いてくる。体重を支えているはずの片脚さえ、時折宙に浮くほどの激しさで、それでもまだ足りないらしい。

銀嶺が両腕を天嶄の首にまわし、縋るようにそれにしがみついた瞬間、華奢な身体を完全に宙に持ちあげられた。

「いや、や……怖い……っん」

天嶄に抱えあげられた銀嶺は、大きく脚を開いた格好で、天に向かうように雄々しくそそり立った天嶄のものの上で、激しく身体を上下させられる。

完全に抜き去り、また挿入れてをくり返されるので、うまく挿入った時はいいが、少しでもずれれば蜜壺の奥ではない場所を突かれ、苦しくもどかしい。

「あ、ちが……いや……あっ」

快感に集中などできないはずなのに、時折的確に身体の奥へと挿入り込む天嶄のものは、ただそれだけで絶頂に達してしまいそうな快感を生む。

こんな格好でも気持ちがいいのだと、銀嶺は自分に失望してしまいそうになる。

下を向く銀嶺を宥めるように、天嶄がその顔を見あげる角度で、何度も口づけてきた。

「んっ、んンっ……」

上下の口を同時に塞ぐ行為は、たとえここが薄闇に包まれ始めた室外であっても、銀嶺を甘く蕩けさせせる。

「んっ、んんんっ」

天嶄の胸にしっかりと抱きしめられながら二度目の絶頂を迎え、それでようやくその恥ずかしい格好から解放された。

あとは大岩に背中を預けた天嶄の上に乗る格好で、それでもまだ交わりは解いてもらえない。しかしさすがにもう動きは緩やかで、乱れきった息を銀嶺が整える余裕も与えられる。

ほうっと大きく息を吐いた銀嶺が、天嶄の広い肩にこつんと額を乗せると、大きな手がおずおずと頭を撫でてきた。

銀の髪を指の間で滑らせるように何度も撫でながら、天嶄はただ銀嶺を抱きしめている。

普段とは様子が異なり、何か言いたいことがあるのだろうとは銀嶺にもわかるが、いつまでも口を開かない。

沈みかけだった夕陽は、山の向こうに完全に姿を消し、あたりは闇に包まれつつあった。

「銀嶺……」

長い沈黙ののちにようやく発せられた声は、吐息混じりでひどく艶っぽい。銀嶺はどきりと胸を跳ねさせながら答える。

「はい」

またしばらく沈黙した後、天嶄は絞り出すような声でその後の問いを続けた。

「もといた場所へ帰りたいか？」

「………………！」

それはこの地に落ち、天嶄に助けられた日から一度も、銀嶺が彼から投げかけられたことのない質問だった。

銀嶺を「私のもの」と言い、実際に貪欲な独占欲を示してくる天嶄は、自分が助ける以前の銀嶺の過去はあえてなかったことにしているようで、どこから来たのかなどもまったく訊かない。しかし実際には、思い悩むところがあったのだろう。

銀嶺は隠しごとのできる性格ではないので、心の内を素直に打ち明けている間はよかったのだろうが、今日初めて、天嶄に隠しごとができた。

銀嶺が天上界に思いを馳せていた間、訊ねてもそれを打ち明けてもらえない天嶄は、いったいどのような思いで隣にいたのだろうかと思うと、胸を締めつけられるような思いがした。

「私は……」

それでも銀嶺は、天嶄に天上界の話はできない。それならばせめて、本当の気持ちをしっかりと伝えておかなければと思う。

「私は天嶄様の傍を離れたくありません。もといた場所よりも、今はあなたの隣にいたいのです。本当です」

「銀嶺……」

声に本気を込めたため、それが口先だけの想いでないことは天嶄にもすぐに伝わったようだ。頭を撫でる手が顎をすくい、銀嶺は顔を上向けられるままに天嶄と唇を重ねる。

まるで何かを誓うかのような口づけはただ唇を重ねるだけで、名残惜しげに双方から離れていった。

「ありがとう。身体を奪って無理やり私のもとへ繋ぎ止めたようなものなのに、そういうふうに言ってもらえて感謝している。お前は本当に、私にはもったいない女だ」

「そんな！　私こそ……お慕いしています。天嶄様のことが大好きです！」

「銀嶺……」

天嶄から礼を言われたのは初めてのことで、銀嶺の中では尚更、自分と彼の気持ちを何よりも大切にしなければという思いが大きくなる。

（どうせもう私が天上界に戻ることはないのだもの……だったらきっぱりと忘れて、天斬様との未来を夢見ているほうがいい……）

自分自身に言い聞かせるかのようにそう覚悟し、銀嶺は決意を固めた。

文玉樹の葉も、誰の手にも渡らないように処分し、その樹の世話係だった自分も、天上界での日々も、すべて記憶の中に封じ込めてしまうつもりだった。

第三章

「またあったよ、銀嶺姉ちゃん！　これでしょう？」

対岸にいる小陽が彼の顔よりも大きな葉を頭上に掲げてみせ、銀嶺ははっとする思いで頷いた。

「ええ、そう。どこにあったの？」

「いつものように川を流れてきたよ。もう五枚目だね。どう？　今度こそおいしい料理が作れそう？」

無邪気な問いかけに、彼に嘘を吐いてしまっていることを心の中で詫びながら、銀嶺はもう一度頷いてみせる。

「ええ、そうね」

「期待しないで待ってるよ。姉ちゃんより天嶄のほうが料理はうまいからな」

「そうだな」

「小陽！　天嶄様も！」

顔を見あわせてにやりと笑う二人に怒ったふりをしながら、銀嶺は心の中ではまったく違うことを考えていた。

（どうしてこんなに頻繁に流れてくるのかしら？）

天噺の邸の傍を流れる川で、小陽が初めて文玉樹の葉を釣りあげた日から十日が過ぎた。その後もきっかりと一日おきに葉はこの場所に漂着し、これでついに五枚目となる。

天上界のものである文玉樹の葉を、この世界の住人がそれとは知らずに何かに用いでもしたら、どのような影響があるかわからない。せめてそれは防がなければと、銀嶺は熱心に集め続けているのだが、こうも続くと崑崙山で何かが起こっているのではという疑念が湧く。

（葉を集める役目の者はいないの？）

そもそも文玉樹は、葉が落ちる間隔も自然の摂理として決まっているような、常識を超えた宝樹だ。わざわざ世話をする天女が任命されるほど、天上界でも特別な樹であり、銀嶺がその任を離れたからといって、放置されているはずがない。

（もしかして誰かが意図的にこちらの世界へ送っている？　でもなんのために？）

考えても答えは出ず、日数ばかりが過ぎていく。それでもその危険性を認識している銀嶺が、今のところ葉の収集には成功しているという点で、遠く天上界を離れても、わずかながら天女としての責任を果たせている気持ちだった。

（だけどこうして、私が回収できる場所にいつも流れ着くということが、そもそも偶然なのかしら?)

疑い出せば切りがなく、小陽から手渡された葉を手に、銀嶺はつい考え込んでしまう。

「どうかしたか?」

隣の大岩に腰を下ろしていた天嶄に訊ねられたので、慌てて首を振り、疑惑を胸の奥へ押しやった。

「いいえ、特には何も……今度はどんな料理にしてみようかと思って……」

笑顔で答えると、天嶄は水面に視線を向けたまま呟く。

「この間の煮物は最悪だったからな……いくら甘い香りがするからって、その葉は本当に食べられるものなのか? 無理して料理しなくても、食材なら他にも……」

「いいえ、大丈夫です! 今度こそおいしく作ってみせます!」

つい意地を張り、天嶄が驚いてふり返るほどの大声で宣言してしまい、銀嶺は恥ずかしくなった。

しかしその様子を見た天嶄の表情が柔らかく緩むので、これはこれでいいかと思い直す。

「わかった、それでは今日も、あまり期待せずにおく」

「期待してください!」

「いやだ」

言葉を戦わせるのさえ嬉しく、それがどれほどぶっきらぼうなもの言いでも、天嶄が笑い含みの視線を向けてくれればそれだけで心が躍る。

「今日はもう帰るか」

「はい」

促されるまま小陽と共に道具を片づけ、家路に就いた銀嶺は、もっとも最後に川を後にした天蘄が、鋭い目でしばらく川面を見ていたことには気がつかなかった。

きりりとした表情で青い旲を見あげ、何かを確かめるかのように目を凝らしたことも——。


天蘄の邸へ戻ると、銀嶺はさっそく、今日は文玉樹の葉をどのように調理しようか思案した。

「先日は煮物だったし、その前は揚げ物だったから、やっぱり焼いてみる？　でも燃えてなくなってしまうかもしれないし……」

「本当に無理して料理することはないからな」

居室にいる天蘄に呆れたような声をかけられても、銀嶺がそれにこだわってしまうのにはわけがある。

初めて文玉樹の葉を川から持ち帰った日、銀嶺はそれをすぐに処分してしまおうとした。

しかしどうやって破棄しようかと考えていた時、ふと思い出したのが、かつてその世話をする自分に、あの珪霞がかけた言葉だった。

『ただ葉を集めて捨てるだけではなくて、何か有効活用はできないの？　言い伝えによればいろんな使い方があるらしいのに、世話係が無知でもったいない』

知識が広く、天上界に古くから残る伝承などにも詳しい彼女と比べ、それらに詳しくない銀嶺を侮辱しての言葉だったのだが、それを受けて銀嶺は文玉樹についていろいろと調べた。

書物に残されている記述の多くは希望混じりの言い伝えでしかなく、信憑性に欠けるものばかりだったが、もっとも多い、食すれば『たちどころに病が癒える』もしくは『命が長らえる』という伝承だけは、いつか試してみようと心に留めていた。

まさかこうして地上界に来てからその機会を得るとは思ってもいなかったが、どうせ廃棄するのならば、どうにかして食べられないか試してからと、先日から懸命に試みている。

甘い香りに反して文玉樹の葉は苦く、天嶄に非難されるとおり食するものだとは思えない味だが、もし本当に伝承の効能があるのならと、考えずにはいられなかった。

厨房と繋がる居室で几案に向かう天嶄の後ろ姿を、銀嶺はちらりとふり返る。

もともとは天上界の者である自分と、地上界の住人である天嶄では、共に過ごしているようでも時間の流れ方が異なる。地上界の人間は、天上界で生きる者たちほど長くは生きられない。

翠泉を通して見ていた中でも、銀嶺にとっては一つ年を重ねるほどの間に、子供が大人になり、いつの間にか自分の年を越えていた。

　地上界に降りた銀嶺がどのような年の取り方をするのかはわからないが、天嶄のほうが先に年を重ね、いつか銀嶺を置いて逝(い)ってしまう可能性は高い。

（いやだ、そんなの……）

　考えることも恐ろしい想像を頭の中で打ち消しながら、銀嶺は文玉樹の葉に望みをかける。

　それは、もしかしたらという細い希望ではあったが、銀嶺にとっては切実に成果が出てほしい事柄でもあった。


　その日は朝から天嶄が出かけており、銀嶺は邸の中に引きこもっていた。彼が一緒でない時は、なるべく外に出ないことにしている。

　彼と共にいる時でも頭から布を被り、誰かと対峙してもあまりまじまじと顔を見られないようにしているが、一人きりではもし見咎(みとが)められた時に対応ができない。

　そのため自分がいない時は邸の中にいたほうがいいと天嶄からも言われていたが、懸命に自分たちを呼ぶ小陽らしき声を、どうしても無視することができなかった。

「天嶄！　銀嶺姉ちゃん！　二人ともいないの？」

　いつものように釣りを教わりに来たにしては切迫した声なので、銀嶺は急いで頭に布を被り、邸の入り口まで出てみる。

「どうしたの、小陽？」

「あ、銀嶺姉ちゃん！」

銀嶺の姿を見るなり駆け寄ってきた小陽は、見る限りいつもと変わらないふうなので安堵した。しかし彼が小さな掌の上に載せているものに目を留めて、銀嶺は首を傾げる。

「それは？」

小陽は困ったように眉を下げた。

「鳥だよ。獣に襲われて飛べないみたいなんだ。どうしたらいいかと思って」

「あ……」

成鳥ならば糧としてその命をちょうだいするが、まだ成鳥でないならばできるだけ野山に放してやるようにと、小陽は猟師である彼の父から教えられているらしい。彼が掌に載せた鳥は雛ではないが、まだ成鳥といえる大きさでもなかった。

「どうしよう……」

すぐに答えをくれるはずの天嶄は不在のため、銀嶺はなんと声をかけていいのか迷う。しかし小陽の困った様子を見かね、ひとまず邸の中へ連れて帰ろうと提案した。

「とにかく休ませましょう。手当てもできたらいいのだけど……」

「うん……」

怪我をした鳥の手当てなど、何をどうしていいのかわからない。それは銀嶺も小陽も同じで、とにかく思いつくままに鳥の巣を真似た休息場所をこしらえ、そこに餌になりそうな穀物の粒を置いた。

「食べないねぇ……」

「そうね」

小陽がじっと鳥を見守っている間、銀嶺は邸の中を右往左往して、何か薬になりそうなものを捜す。人間用の軟膏ならばあるが、鳥に効果があるだろうか。

「でも何もしないよりはいいわよね」

「うん」

小陽にも同意を貰い、鳥の小さな身体の血が滲んでいるあたりにそっと塗り広げた。いやがってばたばたと暴れたものの、飛ぶ気配はない様子が心配になる。

鳥は次第に弱っていくようだった。

「せめて血が止まればいいのだけど」

布を水で濡らして拭いてやるかと水甕をのぞくと、中の水は底が見えるほどに少なくなっていた。

「そうだったわ」

今朝の食事の準備でほぼ使いきってしまったのだったと、銀嶺は眉根を寄せる。

「どうしよう」

目についたのは、文玉樹の葉が浮かんだ大椀（おおわん）だ。

「あ……」

昨日もまた川を流れてきたのだが、ついに料理法を思いつかず、ひとまず水に漬けておいた。果たしてその水でもいいだろうかと思いながら、銀嶺は大椀を眺める。

(仕方がない。今はこれしかないのだもの)

小さな布を濡らすだけの水を柄杓（ひしゃく）ですくい、それを浸した布で鳥の傷を拭いてやりながら、飲めるようにとも小さな盃（さかずき）に入れて嘴（くちばし）の先に置いてやった。

気休めのようなものかもしれないが、せめて少し元気になってくれないかという思いもあり、鳥の手当てに真剣になっている小陽のためでもあった。

ところが銀嶺が羽を清め始めてすぐに、鳥の様子が変わる。それまでぐったりと今にも息絶えそうだったのが、首を起こし、きょろきょろとあたりをうかがい始めた。

「え？」

もう一方の羽も拭き、身体を清め終わる頃には、血が目立たなくなったこともあり、いったいどこを怪我していたのかわからなくなるほど、元気を取り戻していた。

「ええっ、どうして？」

小陽はしきりに首を傾げているが、銀嶺の胸は次第にどきどきと大きく脈打ち始める。

（まさか……）

鳥の身体を清めたのは、昨夜から文玉樹の葉を漬けておいた水だ。しかも元気を取り戻した鳥は、嘴の前に用意されていたその水を自ら飲みもした。

先ほどまでの弱り方から見て、この回復の仕方がかなり異常だということは銀嶺にもわかる。食すれば『たちどころに病が癒える』と書物に記されていた、文玉樹の葉の言い伝えそのままだ。

（そうか……そうだったんだわ……）

食するという言葉に惑わされ、銀嶺はこれまでさまざまな調理法を試してみたが、実はもっと単純なことだったのかもしれない。葉を浸した水を飲む——それだけで効能を得られるのならば、実に簡単なことだ。

（もしこれで本当に『命長らえる』こともできるのなら……天嶄様に飲んでもらって、そして……）

期待に胸膨らませながら明るい未来への想像を広げていた銀嶺は、小陽の叫びではっと我に返った。

「銀嶺姉ちゃん、危ない！」

「え？　……きゃあっ」

つい先ほどまでぐったりと腹ばいになっていた鳥が、突然翼を羽ばたかせ、天井へ向かっ

て飛翔する。銀嶺の顔の前すれすれをかすめて上昇したが、小陽の声に応じてふり返ってい
たので、かろうじて衝突は免れた。
鳥はひらりと宙を舞い、居室の出入り口から邸の出入り口、更にはその外へと、瞬く間に
飛び去ってしまう。
「あーあ、行っちゃった……」
呆気にとられたようにその姿を見送っていた小陽が、銀嶺をふり返り、大きな瞳を更に大
きく見開いた。
「え、姉ちゃん？　その髪……？」
「あっ！」
鳥を避けようと仰け反った際、頭に被っていた布が落ちてしまっていたことに、銀嶺は指
摘されて初めて気がついた。銀白の長い髪が肩から背中へと流れ落ち、光を放って輝くさま
を小陽にしっかりと見られてしまう。
なんとかごまかさなければと焦ったが、咄嗟にうまい言い訳が浮かんでくるはずもない。
仕方なくその姿のまま小陽と向きあった。
「それって本物？　もともとその色なの？」
一歩後退りながらも興味は大きいらしく、小陽は銀嶺の長い髪を指差し、訊ねてくる。
「ええ、そうよ」

正直に頷いてはみたが、銀嶺は内心困り果てていた。

(どうしよう……)

このような髪色の人間など、このあたりには存在しない。天上界や天女の言い伝えがどの程度一般に流布しているのかはわからないが、少なくとも普通ではないと、小陽に思われてしまったはずだ。

せっかくこれまで実の姉のように慕い、懐いてくれていたのにと思うと寂しく、銀嶺は自分の不注意を悔やんだ。しかし——。

「そうか……銀嶺姉ちゃんは天女だったんだね。どうりで今まで見たこともないくらい綺麗なはずだ……鳥の怪我も、天女の不思議な力を使って治してくれたんだね、ありがとう!」

瞳をきらきらと輝かせながら礼を言われてしまい、逆に戸惑う。

「あの……?」

銀嶺が普通とは違う存在であったことは、小陽にとって不都合どころか嬉しいことだったらしく、すっかり興奮してしまっている。

「わかってる! 誰にも言ったらいけないんだよね? 俺は絶対に言わないよ。天崭は? 天崭は姉ちゃんが天女ってこと知ってるの?」

「それは……」

銀嶺は、自分が異界から来た者であると、天崭に明言したことはない。しかし初めから髪色を隠してくれたこともあり、天女を捜す男たちに知らないと答えてくれたこともあり、わかってくれてはいるのだと思う。

「たぶん知ってると思う……でも、ちゃんと話したことはないわ……」

その返事を聞き、小陽の顔は尚更喜びに輝いた。

「じゃあ、一番に打ち明けてもらったのは俺か……だったらよけいに、絶対誰にも言わないよ！　俺が守ってあげるからね」

小さな握りこぶしでとんと胸を叩き、誇らしげな様子の小陽を見ていると、銀嶺も自然と笑顔になる。

「ありがとう、小陽。頼りにしているわ」

「ああ！　どうぞ安心して！」

嬉しそうに帰っていく後ろ姿を見送り、ひとまず胸を撫で下ろした。


小陽が帰ってしまってから改めて、銀嶺は自分が置かれている立場について考えてみた。

川で銀嶺を助けてくれた天submitted斬は、その姿が特異なことや、どうして川を流れてきたかの経緯などについて、訊ねたことは一度もない。服装から、婚礼をいやがってどこからか逃げてきたのだと勝手に解釈し、銀白の髪の色もあるがままに受け止めてしまっている。

この状態こそが、本来ならあり得ないことなのだと、今更のように考えた。

(本当に不思議な人……)

その本来の身分も含め、銀嶺自身も彼について詳しくはわからない。それなのに自然と寄り添い、当然のように一緒に暮らしている。これまで何度も感じたことではあったが、果たしてこのままでいいのだろうかという気持ちがまた湧いた。

(天嶄様が帰ってきたら、ちゃんと話をしてみようかしら……)

しかし実際に天嶄が帰宅し、これまでのように卓子を挟んで食事をし、几案に向かって何かを書きつける背中を見ながら繕いものを始めると、互いについて改めて確かめあうことが難しくなる。

この淡々と続く穏やかな日々は、銀嶺にとってはかなり幸せで、彼のすべてを知りたい思いよりも、今の幸せを手放したくないという思いのほうがはるかに大きい。

やはり気持ちのほうを優先し、互いについて詮索することはやめにした。代わりにいつものように、その日あったことを話題にする。文玉樹の葉の効能や、天女である自分に関わる話はできないため、小陽が邸を訪れた話をすると、天嶄はこちらに背を向けたまま口を開いた。

「一人で応対したのか?」

不機嫌な声の理由は、銀嶺が彼以外の者と二人きりで過ごしたからだ。こと銀嶺に関しては、たとえ小陽相手でも天嶄はまったく譲歩するつもりがないらしい。強い独占欲を剝き出しにしてくる。不機嫌な態度でさえ、裏を返せば執着の表れだ。そう思うと、嬉しい気持ちが銀嶺の胸には湧く。

「大丈夫です。小陽だもの」

天嶄をもう少し焦らせたい気持ち半分、心からそう思う気持ち半分で答えると、それまで微動だにしなかった背中がついにふり返った。

「誰が相手でも油断だけはするな。お前は私のものだということを決して忘れるんじゃない」

黒曜石のように輝く双眸(そうぼう)ではっしと見据えられると、銀嶺は気持ちが引き締まると同時に、背中にぞくぞくするような感覚が生じる。

「……………はい」

心持ち頰を赤くしながら頷いた銀嶺に、天嶄は訝しげな視線を向けた。

「どうした？」

その真剣な眼差しを受けただけで、胸の鼓動が大きくなってしまったとは打ち明けづらい。それなのに目を逸らすことなくしばらくじっと見つめられ、気持ちがどうにも落ち着かなくなる。

「あの……」

動揺をごまかすように、銀嶺はそれまで特に考えてもいなかったことを口にした。

「天嶄様は今日、どちらへ行かれていたのですか？」

言ってしまってから、実はそれがずっと気になっていたのだと自分でも初めて気がついた。出がけに天嶄はすぐに戻ると言っていた。それなのに帰宅は夜になり、どこで何をしているのかもわからないままに、銀嶺は心配を募らせていた。

詳しい行き先でなくとも、街や山など大まかな場所を教えてもらう程度でいい。そうすれば、今頃何をしているかの想像ぐらいはできると思っての発言だったが、天嶄の返事はあまりにも素っ気なかった。

「お前は知らなくていい」

実際そうかもしれないが、訊ねることも許されないのだろうか。二の句が継げなくなるような返事をされ、銀嶺は本当にもうそれ以上口が開けなくなる。

「銀嶺？」

深く俯いてしまった姿に、さすがに天嶄も言葉が足りなかったと気がついてくれたのだろう。様子を探るように名前を呼んできたが、銀嶺は顔を上げることができない。

「悪かった。わざわざ言うほどのこともない場所だ。お前にも折を見ていつか話す」

「はい」

頷きはしたものの、銀嶺はまだ顔を上げる気になれない。榻に座ったまま俯いていると、几案の前から立ちあがった天嶄が、近づいてくる気配がした。

「天嶄様？　……っ」

ふいに腕の中に抱き込まれ、銀嶺は言葉に詰まる。まさか彼がそのような行動に出るとは思ってもいなかった。

銀嶺を抱きしめた天嶄は、その頭に頬を寄せるようにして小さな声で囁く。

「どうしても今聞きたいというのなら、教えてやらないこともないが……」

「え？」

銀嶺は天嶄の腕の中で顔を上げる。その胸元に忍び込ませるように、大きな手が片方、背中から身体の前面へと移動してきた。

「それ相応の対価をお前にも払ってもらうことになる」

少し笑いを含んだ声に、からかわれているのだと思い当たり、銀嶺は天嶄の身体を両手で押しやった。

「結構です！　無理に今でなくても、天嶄様が教えてくださる気になった時でいいです！」

天嶄が本気で抱きしめている時には、銀嶺の抵抗程度でその腕は解けない。まるで決して逃れることができないかのように力が強く、どう動いても身体を放してもらえない。

それなのに難なく解けたということは、やはり今、天嶄は本気ではないのだろう。その証拠に、仰ぎ見た瞳は少しの笑みを宿している。

真顔で告げて、もといた場所へ戻ろうとする天嶄の長袍の袖を、銀嶺は軽く摑んで引いた。

「あの……質問の答えは気長に待ちますが、私から天嶄様に一つお願いがあります」

「お願い？　なんだ？」

「はい。これを飲んでいただきたいのですが……」

銀嶺が手にしたのは、文玉樹の葉を浸した水の入った例の大椀だった。ちらりと流し見た天嶄の顔が不満げに歪む。

「断る。そんな得体の知れないものを飲んで身体を壊したくない」

「得体の知れないものって……例の大きな葉を水に浸しただけです！」

むきになって言い返す銀嶺に、天嶄は一歩も引かない。

「ならば尚更だ。銀嶺、お前自分で味見をしてみたか？」

「あ……」

そういうことはまるで念頭になかった銀嶺は、天嶄の顔を呆然と見つめる。その表情を見て、天嶄は深々とため息を吐いた。

「自分で確かめてもいないものを人に飲ませようなど論外だ。だいたいお前は普段から

……」

そこから天嶄の小言が始まったようだが、銀嶺の耳にはもう入っていなかった。確かに自

分で味見をしていなかったと、その指摘ばかりが気にかかり、文玉樹の葉を浸した水を、口へと運ぶ。

「つ……！」

以前その葉を食しようと、煮たり焼いたりした時の数倍もの苦みが口の中いっぱいに広がった。

「うっ……ごほっ……」

思わず吐き出してしまいそうになるのを必死でこらえ、銀嶺はどうにか飲み込む。

「おい、大丈夫か？」

肩を揺する天嶄には、なるべく笑顔を向けたつもりだった。

「だ、大丈夫です。だからどうぞ天嶄様もお飲みになってください、さあ」

「――――！」

身体にいいものほど、味はあまりよくないという例もある。これもそうなのだと自分に言い聞かせ、大椀を手に天嶄に迫った。

「私は、いらない。飲んでも大丈夫なら、残りも全部お前が飲めばいい」

「そんな！　天嶄様のために準備したのです。だからどうか少しだけでも……」

その葉が持つといわれる効能が、本当かどうかは銀嶺にもわからない。しかし少しでも可能性があるのならば、賭けてみたい。

天嶄となるべく長く寄り添える未来を熱望している銀嶺は、そのためならどんなことでもするつもりだった。

「どうか……！」

しかしその思いを知らない天嶄は、本気の抵抗を続ける。

「いらない！　私にそんなものは必要ない！」

「必要？」

その言いまわしには何か引っかかるものを感じたが、水の入った大椀があと少しで天嶄の唇に届くところまで近づけることに成功していたため、銀嶺はそれを飲ませる行為に集中した。

「銀嶺！」

口では制しても腕を払い除けることまではしない天嶄の優しさを逆手に取り、大椀を彼に押しつける。

「どうか！」

あまりのしつこさについに諦めたのか、天嶄が大椀を銀嶺の手から奪うようにして取った。

「一度だけだぞ」

大椀を傾け、中の水を一気にあおると、目の前にいた銀嶺を抱きすくめる。

「きゃあっ」

水を飲み干したばかりの天嶄に唇を重ねられ、舌を絡められた銀嶺の口の中にも、なんともいえない苦みが広がった。

「んっ……んう」

しかしそう感じたのはほんの一瞬で、すぐに味など考えることもできなくなっていく。天嶄に口腔内を嬲られ、唇を貪られると、他のことなどすべて銀嶺の頭から吹き飛ぶ。

「はんっ……っ、ん」

抱きしめられる腕の強さと、重なる唇と舌の熱さばかりが、身体に刻みつけられていくかのようだった。

呼吸と言葉と自由を奪われ、身体からもすっかり力の抜けきった銀嶺が立っていられなくなった頃を見計らって、天嶄はようやく長い口づけから解放する。

「あ……はぁ……は」

唇が自由になってもすぐには話すこともできない。赤い顔をして肩で大きく息をする銀嶺の身体を片手で支えながら、天嶄は紺青の瞳をのぞき込んだ。

「この一回だけだからな。また無理に飲ませようとしたら、もっと大きな報復が待っているから覚悟しろ」

「…………はい」

指先で頬をなぞりながらの宣言は銀嶺の肌をわななかせ、その言葉を心に強く刻みつけた。

それが果たして報復になるのかどうかは別として——。

それから銀嶺は文玉樹の葉を浸した水を天嶄に飲ませることは諦め、身体を清める際などにこっそりと利用することにした。鳥が元気になった時はその水で羽を清めてもいたので、間違った使い方ではないように思う。

「これを使ったら父ちゃんの傷も治るかな？」

いつものように川から文玉樹の葉を拾ってきてくれた小陽がぽつりと呟き、銀嶺は思わずその顔を見直した。

「え？」

銀嶺が天女であると気づいてしまった小陽には、あれからさまざまな話をしている。怪我をした鳥が元気になったのは文玉樹の葉を浸した水のせいかもしれないことも話していたため、そういう発想が浮かんだのだろう。幼いながらも父親の容体に心を痛めている様子を見ていると、銀嶺の胸も痛んだ。

小陽の父親は、銀嶺が初めて小陽と知りあった日から変わらず、体調を崩して寝込んでいる。聞けばもともとは猟の際に負った怪我が原因で、寝ついてしまったらしい。

不安なことはたくさんあるだろうに、父一人子一人の生活の中で、病床の父に心配をかけまいと明るくふる舞っている小陽のことを思うと、銀嶺は自分で力になれることがあればなんとかしてやりたかった。

そのため文玉樹の葉を浸した水を、小陽にだけと自分に言い聞かせて持ち帰らせる。

「効き目があるとはっきりは言えないけど、怪我をした鳥がこれで元気になったことは確かだから……小陽のお父さんにも効くといいのだけど……」

「ありがとう、銀嶺姉ちゃん！　本当にありがとう！」

小陽は目に涙を浮かべて感謝し、文玉樹の葉が入った大椀を大切に自分の家に持ち帰った。

しかしそれで怪我をした部分を清めても、無理を言って父親に飲んでもらっても、古傷も体調もよくなる気配はないらしい。

「ごめんなさいね、小陽」

「姉ちゃんが謝ることはないよ。もともと絶対じゃなくて、効くかもしれないってものなんだからさ」

「ええ」

銀嶺としても半信半疑だったが、心の奥では効果があることを望んでいた。そうでなければ天嶄との未来に抱いた淡い希望も、ただの夢想になってしまう。

沈んだ顔の銀嶺を気遣ってくれたのか、小陽は彼女がこれまで考えたこともなかった事柄について話し始めた。

「でもさ、俺じゃなくて姉ちゃんが使ったら、ひょっとして効いたりしないかな？」

「えっ、私？」

首を傾げる銀嶺に向かい、小陽はにっこりと笑ってみせる。

「そう、あの鳥、俺じゃなくて姉ちゃんが手当てしたから元気になった気がするんだ。あの不思議な葉っぱもその水も、天女が使うから効くんじゃないかな？」

手にした大椀を指差され、その中に浮かぶ文玉樹の葉を銀嶺はしげしげと見つめた。

確かにこの葉は、いつも決まって川を流れてくるのだ。水に浸しただけで効果を発揮するのならば、その川自体が奇蹟の川としてすでにもてはやされていてもおかしくはない。

そういう噂がないということは、小陽の言うとおり、単に葉を水に浸せばいいというものではないのかもしれない。

はっとした思いで顔を上げる銀嶺に、小陽が一歩近づいた。

「もしよければ銀嶺姉ちゃん……俺の家に来て、父ちゃんの手当てをしてくれないかな？」

「え？」

銀嶺は思いもかけない申し出に瞳を瞬いた。

小陽は申し訳ないような、そのくせ縋るような目で、銀嶺をまっすぐに見ている。

「一度だけでいいんだ。それで無理なら諦めて、これまでどおりに父ちゃんがよくなる日を気長に待つ。でももしかして効くかもしれないことは、なるべくなんでもやってみたくて

「……」

何事も辛抱しながら、ひたむきにがんばる小陽の性格は、ここしばらく近くで見てきた銀嶺にはよくわかっている。時々妙に大人びて見えるが、それは彼がさまざまなことを我慢し、諦めているからだとも――。

少しでも可能性があるのならばという小陽の心構えと同じく、銀嶺としても、自分にできることがあるのならばどんなことでもしてやりたい。しかし天嶄の邸を出て、しかも天嶄や小陽のように慣れ親しんだ人間以外と会うことにはためらいがある。

正直にそう話すと、小陽は握りしめたこぶしで胸をとんと叩いた。

「それだったら大丈夫！　俺が姉ちゃんを誰にも見られないように送り迎えするし、父ちゃんが寝ている時に手当てしてもらうから」

それならばどうにかなるかと、銀嶺は頷いた。

「わかったわ。それじゃ、よろしくお願いね、小陽」

「ああ！　こっちこそよろしく、銀嶺姉ちゃん！」

明日、父親が昼寝をしたら呼びに来るという約束をして、小陽は帰っていった。

（いったいどう説明したらいいかしら？）

几案に向かう天嶄の背中を見ながら、銀嶺はその夜懸命に思案した。

天嶄は銀嶺が自分以外の人間と会うことに、あまりいい顔をしない。小陽相手でも、二人きりだというと不機嫌な顔を見せる。それがわかっているのに小陽の家へ行き、その父親の手当てをするとは、なかなか話しづらかった。

「どうした、銀嶺?」

「——————!」

天嶄は気配に敏感で、銀嶺が落ち着きのない素振りをしただけで、何かあるのではないかと勘づいてしまう。ふり返らないままに鋭く訊ねられ、銀嶺は飛びあがってしまいそうに驚いた。

「いえ、何も……」

どきどきする胸を押さえながら、懸命に普段どおりの声を出したつもりだが、天嶄に通用しているだろうか。それ以上の追及はないようなので、銀嶺は自分から口を開く。

「あの天嶄様、明日は……」

みなまで言い終わらないうちに、天嶄から答えが来る。

「ああ、明日も出かける。しばらく留守が続くかもしれないが、毎日夜にはここへ帰るようにするので待っていろ」

「……はい」

思いがけない気持ちで銀嶺は頷いた。

ここに来た初めの頃こそ、川べりで一日釣りをしていることの多い天嶄だったが、この頃はめっきりそういう日は減っている。数日に一度だった外出が二日に一度になり、ついには連日になるようだ。

天嶄は朝早くからどこかへ出かけていき、夜になって帰ってくるのだが、帰ってきてからも几案に向かっている時間が長いので、本来の仕事がとても忙しいのだろうとわかる。それなのにどうして漁師との二重生活を続けているのか、銀嶺には疑問だった。

(本来の仕事の場所で暮らせば、往復する時間も必要ないのに……どうして?)

ひょっとすると自分とこうして過ごすためかとも思うが、銀嶺がこの邸に来る前から、天嶄はこの場所で暮らしていた。何か他に理由があるのだろうが、それはまだ訊けずにいる。

「寂しいか?」

少し笑みを含んだ表情でふり返られるので、銀嶺は「大丈夫です」と気丈に答えようとした。しかし途中でそれを思い留(とど)まる。川べりでゆったりと過ごす二人きりの時間が持てないことは、どれほど気持ちを取り繕おうとしてもやはり寂しい。その気持ちのままに本音を吐露する。

「……はい。寂しいです」

天嶄とは互いに隠しごとと知らないことが多すぎるので、せめて気持ちにだけは嘘を吐かないようにと銀嶺は心がけている。そうでなければ、彼が本当は自分をどう思っているのかまで、信じられなくなってしまう。本音を伝えることで天嶄からも本音を伝えてもらおうと、せめてもの誠意だった。

「こちらへ来い、銀嶺」

呼ばれるままに椅子に座る天嶄の隣へ行くと、大きな掌で頭の後ろを支えられ、顔を彼のほうへと引き寄せられる。

「んっ……っ」

顔を上向けた天嶄に唇を重ねられ、縋るようにその肩に摑まった。

「んぅ、っ……ん……ぁ」

舌を絡めあいながら、衣の上から身体を撫でられる。天嶄の手が上下するたび、触れられた場所から全身に熱が広がる。銀嶺は思わずその身体にしなだれかかりそうになり、それをこらえて立っているだけで精一杯だ。

「う、んっ……っ、やぁ……っん」

これ以上は辛く、塞がれ続ける唇の端から甘い吐息を漏らした銀嶺を、天嶄は強く抱きしめる。熱い息をくり返す唇を解放し、銀嶺の耳を己の口もとへ引き寄せた。

「今宵は手が空きそうにないが、明日はまっすぐに臥室へ帰る。だからお前は牀榻の上で私を待っていろ」

「…………！」

帰って早々に身体を重ねる宣言をされてしまい、銀嶺は大きく息を呑んだままなかなか頷けない。しかし熱く火照り始めていた身体を思わせぶりに撫でられ、もう一度耳に息を吹き込むようにして念を押されると、もうこらえきれない。

「いいな？」

「……はい」

震える声で頷くと、それでいいとばかりにまた口づけられた。

再び深く舌を絡ませながら、天嶄の掌が衣の上から全身を這う。胸の膨らみや腰のあたりを撫でられると、ぞくぞくする感覚が背筋を走り、逃れようと銀嶺は身体を捩らせた。

「つう……っあ、はんっ……っあ、や」

「そんな声を出すな、今宵は時間がないのに手放せなくなる」

それならば淫らな手技をやめればいいのに、天嶄は銀嶺の身体を弄る手を止めない。胸もとの合わせ目を大きく広げ、長襦と胴衣の中にまで手を挿し入れてくる。

「はんっ、あ……だめ……ぇ」

衣の下で硬く尖らせていた胸の先端の蕾を指先に捕らえられ、膨らみを大きく揉まれ、下から持ち上げるようにして強く揺さぶられ、天嶄の肩に摑まる銀嶺の手は震えた。

「あ、あっ……だめです……天嶄様……も、だめ……ぇっ」

「こちらがだめだ。もう止まらない」

何かをふりきったかのように、天嶄は銀嶺の衣の合わせ目を更に大きくくつろげると、長襦も胴衣も力ずくで引き下ろし、華奢な肩を剝き出しにする。まろび出た胸の膨らみに、迷うことなく顔を埋めてしまう。

「あっ、ああ……時間がないとおっしゃってたのにぃ……」

「確かにない。だから加減ができなくても文句を言うな」

「そんな……あ、ああっ」

むしゃぶりつくように胸を食む天嶄の頭を、銀嶺は両腕で抱きしめた。膨らみも蕾もなく舐めまわされ吸いあげられながら、身体が大きく後ろに仰け反りそうになる衝動を必死でこらえる。

「ああ、あっ……ああっ……は、あ」

両脚から力が抜け、立っていることがやっとだった。長裙に包まれた細い脚の内腿が、秘所から流れ落ちた愛液で濡れる。口づけを交わしたあたりから身体の奥で湧き出した蜜が、こらえきれずに滴り落ちたのだが、その恥ずかしい反応を隠そうと、懸命に両脚を擦りあわせる。

「あ、もう……だ、や……ああん」

その場に座り込みそうになった銀嶺の細腰を天嶄が片手でかき抱き、すべての衣をかろうじて身体に巻きつけていた帯を解いてしまった。

「あっ、あ……ぁ」

腕まで脱がされていた長襦と胴衣ははらりと床に落ち、長裙の紐も解かれて強引に引き下ろされる。瞬く間に全裸に剝かれた銀嶺は、椅子に座った天嶄の膝の上に軽々と抱えあげられた。

「や、だめです、こんな……あ、あぁ……」

天嶄は長衫さえも脱いでいない状態だというのに、その膝の上に一糸まとわぬ姿で跨らされ、銀嶺は羞恥に染まった顔を激しく左右に振る。天嶄は構うことなくその華奢な身体を抱き寄せ、胸の膨らみを再び掌中に収めた。

「何がだめなんだ。お前は私のものだろう？」

耳朶（じだ）を舐（ねぶ）るように舌を這わされながら、熱い声で囁きかけられると銀嶺の身体からは力が抜ける。

「はい、あ……でも、こんなぁ……ああんっ」

大きく開かされた脚の間から滴り落ちる愛蜜で、天嶄の衣を濡らしてしまうことに躊躇しながら、銀嶺はなんとかこの羞恥の格好から逃れようと身体を捩らせる。

その白い肢体が実に艶めかしく、丸窓から射し込む月明かりの中に浮かびあがっていることなど本人は知る由もない。

「恥ずかしいか？」

摑みあげた胸の膨らみの頂点に唇を落としながら囁かれ、銀嶺は天嶄の首に両腕をまわした。

「……はい……恥ずかしいです……っあぁ、いやんっ」

「そんなことなどすぐに考えられなくしてやる」

袴をくつろげた天嶄がそこから己の熱棒を取り出し、その上に銀嶺の身体をゆっくりと沈める。

「はんっ、あ！　はっ、あぁ……ああんっ！」

下から深々と貫かれ、銀嶺は衝撃をこらえきれずに天嶄の首に抱きついた。その格好のまま、腰を摑んだ天嶄に身体を大きく上下させられ、屹立(きつりつ)した彼のものを蜜壺に深く呑み込まされる。

「はあああんっ、だめぇ……！　ああっ、こんな……ぁ」

まったく服装の乱れていない天嶄の上に、銀嶺ばかりが全裸に剝かれて跨らされている光景は卑猥(ひわい)で、その全景を想像するだけで銀嶺の肌はぶるぶると震えた。天嶄のものを深く咥え込んだ蜜壺も、意図せずきゅうきゅうとそれを締めつけてしまう。

「っ……銀嶺」

呻くような声で名前を呼んだ天嶄が、銀嶺の腰を摑み直し、華奢な身体を自分の上に打ちつけるようにして激しく上下させる。

「きゃあっ！　あっ、ああっ……いやぁ……あんっ！」

胎内の奥深くまで抉られるような抽挿に、銀嶺は激しく首を振って悶える。それでも天嶄は、奥を穿つような抜き差しをやめてくれない。

身体の奥にたまった熱がみるみるせり上がってくるような感覚は、普段よりも顕著だった。時間がないと言っていた言葉どおり、天嶄は銀嶺を息つく間もないほどに責めたて、ひと息に極めさせてしまうつもりのようだ。

がくがくと身体が震えるほどに、敏感な襞を剛直で擦りたてられ、銀嶺はあられもなく声を上げて、快感の坂を駆け上った。

「あんっ、あああ――ぁっ！　はぁ……っん、天嶄様ぁ……あっ！」

ぐったりと寄りかかる銀嶺の身体を抱きしめ、どくどくと脈打つ蜜壺が吐精を促すように熱棒を締めつけてくるのをそのままに、天嶄は几案に向き直る。

「え……？　あ……天嶄様……？」

熱に浮かされたような頭でも、抱きつく自分をそのままに天嶄が書きものを再開したことは銀嶺にもわかり、慌てて身体を起こそうとした。

しかし胎内に押し入ったままのもので、極めたばかりの蜜壺をかき混ぜられ、しっとりと汗ばんだ全裸の身体をきつく抱きしめ直される。

「そうしていろ。私はまだお前の中に挿入っていたい。疲れたのならそのまま眠ってしまっても構わない」

「そんな……」

なんの冗談かと銀嶺は身じろぎしようとするが、本気だとばかりに天嶄は抱きしめた腕を解いてくれない。床に落ちていた長襦を拾いあげ、裸の背中を包むように肩からかけてくれたので、単なる戯言ではないのだと銀嶺は理解した。

しかし理解はしても、天嶄と深く繋がったままのこの状態で、眠れるはずなどない。彼としても仕事がはかどることはないだろうと思うのだが、衣の上から抱き直した腕を、天嶄は解く気配がない。

「あの、天嶄様……」

銀嶺は懸命に呼びかけた。名前を呼ぶと胎内に深く挿入った彼のものが答えるように動き、思わず声を上げてしまいそうになるのを、必死にこらえる。

「なんだ?」

普段と変わらない声で、書きものを続けている様子を感じると、自分の胎内に挿入っているのは本当に天嶄なのかと疑いたくなる。しかし彼以外のものであるはずがない。天嶄の言うとおり、銀嶺の身体のすべては彼のものだ。他の者がなどと、想像でも考えたくはない。

「私がお邪魔ではありませんか?」

天嶄の上に乗り、深く身体を繋いだままの状態のことを訊ねてみると、ますます身体を熱くするような答えが返ってくる。

「邪魔なはずがない。いや、字を書くには確かに少し不便だが、私が抜きたくないのだから構わない。お前はそうしていろ」

「ですが……あっ」

胎内に深く天嶄が挿入ったままの状態で、銀嶺は彼のように冷静でなどいられない。ほんの少し動かれただけで、このように甘い声を上げてしまう。

声には天嶄のものも如実に反応した。蜜壺の中で熱棒がぴくりと動き、その刺激でまた銀嶺は声が出てしまう。

「無理です……っん、あ……やっぱりこんなの……あっ……無理……っん」

「銀嶺……」

呆れたように天嶄は息を吐き、腰を動かして銀嶺の身体をゆらゆらと揺らす。蜜壺の中で前後左右に熱棒が暴れ、銀嶺は悲鳴を上げて天嶄に抱きついた。

「あんっ、だめです……っ、そんなにしたら、私ぃ……あんっ」

「さっき達ったばかりだというのに、そんなに感じるのか？」

耳もとで問いかけられ、銀嶺はこくこくと必死に頷く。

「だって天嶄様が胎内に挿入ってるのだもの……そう思っただけで、あ……ああんっ」

「感じてしまう？　なんて淫らな身体だ」

「ごめ、なさ……あっ、ああっ」

　また新たな蜜が身体の奥から湧き、結合部分からは淫猥な音がくちゅくちゅと響く。それを耳にすると、ますます銀嶺の身体は敏感になってしまう。深く天嶄のものを迎え入れたまま、自然にゆらゆらと腰が揺れてしまっていた。

　それに気がついた天嶄が、銀嶺の身体から手を放す。

「じゃあもうお前の好きなようにしろ。このまま私の上に乗っていても、下りてしまっても構わない。私の身体を勝手に使って、もっと気持ちよくなってもお前の自由だ」

「あ、そんなぁ……」

　最後の選択肢を天嶄が口にした瞬間、身体の奥がどくりと疼いたことは銀嶺自身にもわかった。しかし認めたくはなく、懸命に天嶄の首に抱きつく。

「天嶄様が決めてください……っ、私……ああっ」

　自然と揺れてしまう腰をごまかすように、銀嶺は身体を大きく動かす。

　天嶄は深く息を吐き、銀嶺の腰に再び手をかけた。

「じゃあこうして腰を動かして、仕事の邪魔にならない程度に私を気持ちよくしろ。それがお前の仕事だ」

「そんな……あ、あぁ」

言葉では拒否しても、銀嶺の腰は天嶄の手が離れた後も、緩やかにまわすようなその動きを止められない。そうすることによって濡れそぼった蜜壺が天嶄の剛直に攪拌される快感を、身体がすでに求めてしまっている。

「だめ、だめ……あぁぁ……」

天嶄に誘導されたままに動く自分の身体が信じられず、銀嶺は涙混じりに喘いだ。その間も腰の動きは一瞬も止まることなく、もっとも感じる部分を天嶄のものに擦りつけていく。

「いやっ、いや……あああっ」

自分の動きのみによって高められる快感が恥ずかしく、銀嶺は首を振って否定するのだが、頂に向かって駆け昇り始めた衝動はもう止められない。

「天嶄様……ああっ、天嶄様ぁ……」

彼の名前を呼びながら、胎内に奥深く挿入った剛直をぐいぐいと締めつけ、天嶄の上で二度目の絶頂を迎えてしまった。

「あっ、あぁぁ……いや、ぁ……あ」

びくんびくんと快感に震える身体を、その瞬間だけ天嶄が抱きしめてくれる。その腕に縋りながら、銀嶺はすすり泣いた。

「ごめ……なさい、私……」

俯く銀白の頭を撫でながら、天嶄が囁く。

「何を謝る？　お前は私の指示したとおりに動いただけだろう」

「だって、私だけこんな……」

天嶄の上で二度も絶頂を感じてしまった。これでは彼が言ったように、その身体を勝手に使って快感を得ているようなものだ。そうではなく、天嶄のことも気持ちよくしたかったのだと語ると、まだびくびくと収斂を続けている蜜壺を、まったく萎えた様子もない剛直でずくんと突かれた。

「あっ！」

「このとおりだ。私もぞんぶんに愉しませてもらっている。何も気にするな」

「でも……」

「悪いと思うのなら今度こそ、その身体を使って仕事の邪魔にならないように私を気持ちよくしてみろ」

「…………！」

散々に自分だけ快感を享受してしまった後では、もう銀嶺に拒否権はなかった。

「はい……」

天嶄の首に抱きつきながら、彼の上で揺く腰を振る。どれぐらいの動きが仕事の邪魔にならない程度なのかわからないので、探るようにゆっくりとおそるおそる動く。

「もっとゆっくりでいい。二度も極めたお前の胎内がよすぎて、そちらに意識を持っていかれそうになる」

「ごめ、なさい……こう……ですか？　あ……それとも、こう……？　っん」

ぎこちなく動く銀嶺の声が妖艶すぎ、天崭は仕事に集中できないのだが、与えられた仕事を遂行しようと懸命な銀嶺がそれに気づくはずもない。

「あ、できな……ごめ、なさ……天崭様……ぁ……」

銀嶺の艶めかしい声と、迫りくる快感に耐えられなくなった天崭が、再び主導権を握る時は近い。

結局仕事の邪魔にしかならない結合は、その夜遅くまで延々と続いた。

「あ、天崭様……あんっ」

「銀嶺……」

互いに互いの身体に溺れ、離れることなどできなかった。


翌日、小陽が銀嶺を呼びに来たのは、もう夕刻が近いような時間だった。

「遅くなってごめん、銀嶺姉ちゃん！　今日に限って父ちゃんの寝つきが悪くて……」

父親が昼寝をしたら、その隙に手当てをするというのが小陽の計画だったが、時刻が遅すぎる。

朝から出かけた天嶄が帰ってくるまでにはまだ猶予があるはずだが、そちらのほうもいつ頃とはっきりとは言い渡されていないので、銀嶺はできれば今の時刻から家を出たくなかった。

「小陽、あの、やっぱり私……」

今日のところは計画を見送りたいと言いかけた銀嶺を遮り、小陽が口を開く。

「なんだか今日の銀嶺姉ちゃん、いつもよりもっと綺麗だ」

「え？　……ええっ？」

普段と違うつもりはないのにと、銀嶺は自分の頬を撫でた。その顔を、角度を変えて何度も見あげ、小陽は感心したように呟く。

「肌は輝くようだし、唇もほんのりと紅くて……瞳も潤んでる？　昨日何かあった？」

「…………！」

あったとすればいつもよりもかなり濃密に、長く天嶄と抱きあったことくらいだ。自分の上に跨らせた銀嶺を、天嶄は長く解放してくれなかった。その間には二人で快感を極めたこともあったが、その数倍も銀嶺は一人で極めさせられている。

今もはっきりと、身体を抱きしめる天嶄の腕の感触を覚えているほどで、胎内にはまだ彼を深く埋め込まれているような錯覚を感じる。

「何も……何もないわよ」

小陽に答える声がかすかに震え、頬が赤く染まってしまうことも仕方がない。

まだ子供の小陽は、銀嶺のその変化をますます綺麗だとはやし立てた。

「これじゃ、もし誰かに会ったらすぐに天女だとばれちゃうかもしれないね」

困ったように首を傾げる小陽が、自分を連れ出すことを思い留まってくれればいいと銀嶺は願ったのだが、彼は予定どおりにいつもの布をさし出した。

「でもまあ、髪の色を隠せば大丈夫か……うん。さあ行こう、姉ちゃん！」

「ええ……」

小陽に諦める気がない以上は、早く行って早く帰ってくるしかない。銀嶺は銀白の長い髪を布で隠し、天嶄の邸を出た。

（大丈夫……大丈夫……）

自分に言い聞かせるようにしながら夕暮れの街を、小陽の後を追って急ぐ。

鳥や獣を獲ることを生業としている父親と、小陽が二人きりで住んでいるという小さな家は、山の麓に近い場所にあった。天嶄の邸からもそう遠くはないが、ひと息に駆けて帰れるほど近くもない。

なるべく遅くならないうちに帰らなければと心に誓い直しながら、銀嶺が踏み込んだ室内は、想像していた以上に暗かった。

「あ……」

茅の屋根を葺いた土壁の家の中は、これほどまでに暗いのだと初めて知る。天嶄の邸はまるで天上界の建物と変わらないほど贅の限りを尽くしてあるので、銀嶺は時々、自分が地上界にいるのだということを忘れそうになる。

しかし翠泉を通して日々見ていたのは、このように小さな家々がひしめきあう光景だった。改めて自分は違う世界に来たのだということを実感しながら、建物の奥へと入る。

木枠の中に藁を敷きつめてその上に布を被せただけという、牀榻と呼ぶにはあまりにも簡素な寝床の上で、小陽の父親は寝苦しそうに横たわっていた。

年の頃は三十代半ば。本来ならば気力も体力も充実しているはずだが、長く身体を壊しているせいか疲労の色が濃く、痩せ細っている。骨の浮いた右すねにひどい傷痕があり、それが体調を崩す原因になった獣の噛み痕なのだと小陽が教えてくれた。

(ひどい……)

胸が痛くなるような感想は心の中だけに留め、銀嶺は天嶄の邸から持ってきた手巾を文玉樹の葉を浸した水で濡らし、そっと傷口を清め始める。

「俺もやってはみたんだ。でも効果がなくて……」

隣に座る小陽も、一縷の望みをかけるような顔つきだったが、その効き目は顕著だった。

銀嶺が傷を拭き始めるとすぐに、赤黒く盛りあがっていた傷痕がみるみる綺麗になる。

「あっ……!」

瞳を見開いて声を上げる小陽を、しーっと指を唇に当てる仕種で諫め、銀嶺は傷を清め続ける。

(どうかよくなって……小陽のためにも……!)

心の中で願うのは単なる気休めのようなものだったが、まるでそれが誰かに通じたかのように、傷痕がなくなっていくことが銀嶺自身にとっても驚きだった。

よほどの痛みを与える傷だったのだろうか。痕がなくなると小陽の父親の寝顔は見違えるほどに健やかになる。穏やかな表情で安らかに眠っている姿を見るのはもう数カ月ぶりなのだと、小陽は目に涙を浮かべて銀嶺に感謝した。

「ありがとう……本当にありがとう、銀嶺姉ちゃん!」

「ううん。私は自分にできることをしただけだもの……効果があってよかった」

泣き縋る小陽の小さな身体を抱きしめ、銀嶺はそっとその背を撫でる。

ふとその時、自分たちにじっと注がれている視線を感じた。

(え……?)

おそるおそる視線を感じる先に顔を向けてみれば、眠っていたはずの小陽の父親が目を覚ましている。寝床の上で半身を起こし、息子と抱きあう銀嶺の姿を、目を丸くして見つめていた。

「あんた、いったい……?」

銀嶺が慌てて顔を背け、長い髪を隠さなければと布を被り直したのと、父親が目覚めたことに気がついた小陽が銀嶺を背に庇い、父親の前に立ったのはほぼ同時だった。

「おい小陽、その女は……」

尚も問いかけようとする父親と向きあい、小陽は小さな背中の陰に懸命に銀嶺を隠そうとする。

「何寝惚けてるんだよ、父ちゃん。女って何？　ここには誰もいないよ。おかしなこと言ってないでもう少し寝てなよ」

「だってお前……」

身体を捩って小陽の背後をのぞき込もうとする父親に、銀嶺は静かに背を向け、少しずつ二人から遠ざかる。

「本当に大丈夫？　幻が見えるんだったら、この間飲んでもらった薬草汁をもう一回作ろうか？」

父親の視界を自分の身体で塞ぐようにして、寝ている父親ににじり寄りながら小陽は問いかけた。その言葉を耳にした瞬間、父親は顔を歪め、身体にかけていた粗末な布を頭まで引き被って寝床に横になる。

「うっ……いや、俺の気のせいだ。もう一回寝る」

その薬草汁というのに、よほどいやな思い出でもあるのだろう。

家を出ながらそう考えていた銀嶺は、あとを追ってきた小陽に笑顔で説明された。

「姉ちゃんからもらったあの大きな葉っぱの汁だよ。よっぽど不味かったみたいで、父ちゃん今でもぶつぶつ言ってるんだ」

「そう」

銀嶺も一緒になって笑いながら、小陽に訊ねた。

「お父さん、一人にしてきていいの？」

「大丈夫。もともとは本当に丈夫な人なんだ、父ちゃんは……熊と戦って勝ったこともあるって、いつも俺に自慢してた。怪我したのを放っておいて猟を続けたりしなければ、こんなに長く寝込むこともなかった。俺を食べさせるために無理したんだ……」

「小陽……」

怪我をしても猟を休むことができなかった小陽の父親の事情は、銀嶺にもよくわかる。それを自分のせいだと悔やむ小陽の気持ちも――。

俯いてしまった小陽の背中を、銀嶺は励ますように撫でた。

「じゃあこれからは、お父さんが無理しなくてもいいように、小陽もいろんなことを手伝わなくちゃ。天嶄様から釣りも習ったのだから、きっと力になれるわ」

「うん」

「それでもお父さんが無理をして、もしまた怪我をした時は私を呼べばいいわ。傷を治している間は、ちゃんと寝ていてくださらないと困るけど……」

寝床で横になる父親をふり返り、小陽がいたずらめいた笑顔になる。

「絶対夢だと思ってるって！　父ちゃんが目を覚ましたら、俺がそう念を押しておくから」

「そうね。ありがとう……」

小陽の父親に姿をまじまじと見られたのはほんの一瞬のことだったので、おそらくそれでどうにかなるだろうと銀嶺は胸を撫で下ろした。

もう起こさないようにそっと傍を離れ、約束どおり小陽に送ってもらって帰路に着く。

「帰りは真っ暗になってしまうかもしれないのに……悪いわ」

銀嶺は小陽の見送りを断ろうとしたが、それはきっぱりと拒否された。

「姉ちゃんの安全は俺が守るって最初に言っただろう？　帰り道にもし誰かに見られたりしたら俺の責任だからね」

「でも……」

「いいから急ごう、天嶄が帰ってきちゃってもいいの？」

「それは困るわ！」

焦る銀嶺の顔を見て、ははは と笑う小陽と先を争うようにして家路を急いだ。幸い天嶄はまだ戻っておらず、日も沈みきらないうちに邸にたどり着いたことで銀嶺はほっと息を吐く。

「ありがとう、小陽」

「こちらこそ、ありがとう銀嶺姉ちゃん！」

大きく手を振りながら、自分の家へと帰っていく小陽の姿が丘の向こうに見えなくなるまで邸の出入り口で見送り、それから銀嶺は天嶄の邸へ帰った。

長く寝込んでいた小陽の父親を、文玉樹の葉の効能で救えたことは、銀嶺自身にとっても大きな喜びだった。

(これで本当に、天嶄様とずっと一緒にいられるかもしれない……)

夢のような未来に、一歩近づけたような気がする。

それと同時に、もし銀嶺がここにいなければ、小陽の父親の容体はあれほど劇的によくなることはなかったのだからと、ほんの少しだけ、この地に自分が流れ着いた意味を見出せたような気分がした。

(天上界にはもう戻れないかもしれないけど……もともとこれが私の運命だったのかもしれない)

地上界にあって天上界の力を行使できる者。それは力の使い方さえ間違えなければ、この世界の人々にも歓迎されるべき存在のはずだ。

しかし度を越えた力は、世界の調和を乱し、歪みを生む。

自分がその渦の中に一歩を踏み出してしまった自覚は、銀嶺にはまだなかった。

第四章

それから数日、日々は穏やかに何事もなく過ぎた。朝早くから出かけた天嶄の帰りを待ち、銀嶺は邸から出ず、繕いものや料理をして過ごす毎日。

小陽が血相を変えて邸の前まで来たのは、ようやく明日からはのんびりと共に過ごせるはずだと、天嶄が言い渡して出かけていった日のことだった。

「銀嶺姉ちゃん！　銀嶺姉ちゃん！　いないの？」

必死で自分を呼ぶ声が外から聞こえ、銀嶺は小陽が傷ついた小鳥を掌に載せて現れた日のことを思い出す。

また何かの動物を助けたのかと思ったが、そうではなかった。彼が焦っていたのは、銀嶺自身の所在を一刻も早く知るためだった。

「いるわよ、小陽。どうしたの？」

邸の出入り口にある障壁の陰から銀嶺が姿を現すと、安堵のあまり気が緩んだのか、小陽はぽろぽろと大粒の涙を零し出す。

「よかった……よかったあ……」

その反応にただならぬ状況を察し、銀嶺は邸の中に入るように勧めた。

居室の中央に置かれた豪奢な榻にちょこんと座り、銀嶺が淹れてあげた茶の入った盃を両手で持った小陽は、彼が銀嶺の所在を確かめにきた理由を説明する。

それは銀嶺が思ってもいなかった理由だった。

「俺の父ちゃんのことなんだけど……元気になって何日かは、急に傷が治るなんて不思議なこともあるもんだ、なんて言ってたんだ……もともと深く考えない性質だから、傷が治ったことよりもそれで猟に行けることが嬉しくてはしゃいでた……でも急に、俺の怪我は天女が治してくれたんだって言い出して……」

「ええっ！」

そういえばあの時、小陽の父親とは一度は目もあった。まさか自分が傷を清めたことまで見ていたのだろうかと銀嶺は息を呑んだが、どうやらそうではないらしい。否定するように小陽はぷるぷると首を左右に振る。

「違うよ！　夢で見たと思ってるんだ。夢に天女を見たから、天女が治してくれた……そんなどうでもいい話だったんだけど、あんまりいろんな人に自慢するから、州城から迎えが来ちゃって……」

「州城？」

聞き慣れない言葉に銀嶺が首を傾げると、小陽が説明をしてくれた。しかしそれはあくまでも彼の中での解釈で、かなり偏見が含まれている。

「この州で一番偉い人が住んでいるところ。悪いことをした人間は、役人にそこへ連れていかれるんだ。そこに住む剣正って人がもうずっと前から天女を捜していて、詳しく話を聞きたいからって、父ちゃんは、おっかない男たちに連れていかれちゃった……ひょっとして姉ちゃんも連れていかれたんじゃないかって焦って、俺……」

それで慌てて確認に来てくれたのだろうか。声を詰まらせる小陽の隣に座り、銀嶺は小さな背中をそっと撫でた。

「私なら大丈夫よ。そんなことになってたなんてまるで知らなかった」

小陽は大きく息を吐きながら、銀嶺の顔を見あげた。

「父ちゃん大丈夫かな？　役人に州城に連れていかれて、帰ってきた人間はいないって村の人たちは言うんだ」

「それは……」

実際に州城とは何をするところで、そこで小陽の父が何をされているのかがわからない銀嶺には、なんとも答えられない。しかし不安げな小陽を元気づけることが自分の役目だとは自覚していた。

「きっと大丈夫よ。天斬様が帰ってこられたら事情を話して、どうしたらいいのか相談してみましょう」

「うん……」

しかし例によって朝早くから出かけてしまった天崭の帰りは遅く、しかも今日で終わりだと言っていたのでひょっとすると夜も更けてからになるかもしれないと、銀嶺はわかっている。

「帰ってこられるまでここで待つ？　それともいったん家へ帰る？」

小陽に訊ねると、父親が解放されて帰ってくる可能性もあるので、家へ帰ると答えた。

「それじゃ、天崭様が帰ってこられたら私たちが小陽の家に行くから、小陽はじっとしてて。一人きりだから用心してね」

両肩を摑んで瞳をのぞき込むようにして念を押すと、照れたような笑顔を向けられる。

「大丈夫だよ。一人には慣れてるから、そんなに心配しないで」

茶をひと息に飲み干すと、来た時よりは安堵したような顔で、「じゃあ待ってる」と手を振り、小陽は帰っていった。

しかし一人で帰してしまったことを、銀嶺は後になって心から悔やんだ。


何やら騒がしい声が川下から聞こえてきたのは、料理用の水甕が空になったので、水を汲もうと銀嶺が川まで出た時のことだった。

数人の人間が歩いてくるような気配に、天蘄が帰ってから水を汲みに来ればよかったと後悔しながら、大岩の陰に身を隠す。対岸を徐々に近づいてきているのは、屈強な体つきをした甲冑姿の数人の男たちだった。

(あ……)

ここへ来た初めの頃、天蘄と対峙しているのを見たことがある男たちと同じ格好だと、銀嶺は息を呑む。見つからないように岩陰に身体を丸め、頭から布を被り直してやり過ごすつもりだったが、男たちの声に混じり、聞き慣れた声が聞こえ、銀嶺ははっと岩陰から対岸を盗み見た。

「放してくれよ！　俺は本当に何も知らないよ！」

(小陽……？)

見れば小陽が背中で両手を縛られ、そこに結んだ縄を引かれるようにして、男たちに連れていかれるところだった。

「あ……！」

思わず岩陰から飛び出しそうになり、銀嶺はすんでのところで踏み止まる。甲冑を身に着けた男たちを相手に、自分がどうこうできるはずがない。しかしこのままでは小陽が連れていかれてしまう。いったいどうしたらいいのだろうかと気持ちばかりが焦る。

(小陽!)

小陽は大柄な男たち相手にも、懸命に自分の主張を続けている。

「天女なんて知らないって! 父ちゃんもただ夢に見ただけだって!」

その主張に顔を見あわせながらも、男たちは歩みを止めない。

「でもお前の父親の怪我が突然治ったのは事実だ。周囲の人間たちからも証言を得た。それを天女の仕業だと剣正様が認められたのだから、事実はどうあれ、何か手がかりが見つかるまでお前たち親子は州城から帰れない」

「そんなのおかしいだろ!」

「おかしくはない。それが剣正様の意向だ」

「くそっ!」

以前天嶄と大柄な男たちの会話の中にも出てきたことがある、剣正という人物について、銀嶺は改めて思い出していた。

(確か州候の息子……)

州を収める州候の息子であるなら、このあたりではかなり身分の高い人物ということになる。その人の意向ですべてがおこなわれているのであれば、小陽や彼の父親の意志など無視されることは当然だろう。

天嶄の本当の身分がどういったものかはわからないが、ひょっとすると彼が帰ってきたとしても正攻法で小陽たちを助けるのは難しいかもしれない。

(どうしよう……)

焦る銀嶺を更に混乱させるような会話が、川の向こうから聞こえてくる。

「こんな子供相手でも、やはり拷問だろうか?」

「当然だろう。天女に関する情報は、どんなに些細なことでもすべて調べ出して記録しておくというのが剣正様の意向だ」

「かわいそうにな」

男たちの間で交わされている会話の内容は、州城に連れていかれた後の小陽の扱いについてだ。拷問という言葉に息を呑み、銀嶺は両手で口もとを覆った。

(どうしよう!)

いったいどのような目に遭わされるのかはわからないが、まだ幼い少年である小陽が、と思うといてもたってもいられない。しかも当然だと語られているということは、おそらく小陽の父親は、もうすでに州城でひどい目に遭わされているということだ。

(どうしよう……どうしたら……?)

震える身体をこらえながらどれほど考えても、銀嶺に他にできることはなかった。

こぶしを握りしめながらその場に立ちあがり、岩の陰から出て、勇気をふり絞って川向こうを行く男たちに声をかける。

くる。

「待って！　待ってください！」

突然その場に現れた銀嶺に、ぎょっとしたように足を止めた男たちは、怪訝な目を向けてくる。

「なんだ、お前は？」

「あ……！」

男たちと共に驚いたように小陽もこちらを見たが、自分の名前を呼ばれる前に、銀嶺はそっと首を左右に振ることでそれを制止した。

以前から自分を知っていたようにふる舞ってはならない。それでは本当に、小陽が天女の存在を知っていて隠していたと知られてしまう。

小陽が口を噤んでいるうちに銀嶺は意を決して、男たちの注目が集まる中で、頭に被っていた布を取ってみせた。零れ落ちる銀白の長い髪。それは銀嶺の背中を豊かに覆い、更に地面につきそうなまでの長さがある。

「あ！」

「ああっ！」

驚いた声を発した男たちは、小陽を縛った縄を持つ男を対岸に一人残し、わらわらと川を渡って銀嶺のもとへと駆け寄ってきた。

銀嶺を遠巻きにしながら、訊ねてくる。

「その髪の色……まさかお前が天女か？」

銀嶺は問いかけにきっぱりと頷いた。

「そうです。私が天女です」

答えを聞いた男たちがどよめいたということは、彼らもまた天女の存在を本当に信じていたわけではなかったのだろう。上の者に命じられたので、仕方なくその捕縛のために動いていた。

それは雲を摑むかのように現実味のない話だったはずなのに、実際に天女だと名乗る娘が目の前に現れ、男たちの間に動揺が広がる。

「早く捕まえて……」

「だめだ！　天女には危害を加えるなと言われている」

「でも、もし逃げられでもしたら……」

「とにかく捕縛を！」

さまざまな主張が飛び交う中、銀嶺は自分から男たちの輪の中へ入った。

「私はどこへも逃げません。だからどうか、あの子の縄を解いてあげてください」

対岸で大きく目をみはる小陽の瞳に、みるみる涙が膨れあがる。

（いいのよ、小陽。私は平気だから）

今は口に出して言えない思いを精一杯心の中で唱え、小陽に何度も頷いてみせたが、銀嶺のその主張は男たちに受け入れてもらえなかった。

「だめだ。我々が剣正様から命じられたのは、先に捕らえた男の子供を州城まで連れてこいということだ。勝手にその命に背くことはできない」

「そんな……！」

銀嶺は抗議の声を上げたが、その彼女の周りでも、捕縛の輪はじわじわと狭まりつつある。

「しかしお前にも一緒に州城へ来てもらう。天女を名乗る女として剣正様に引き渡すので、あの子供を助けたいのなら、その時自分で直接剣正様にお願いしろ」

「わかりました」

おとなしく銀嶺が輪の中に加わったことで、男たちは両岸に分かれたままではあるが、再び川上へ向かって進み始める。

銀嶺の身体には小陽のように縄はかけられなかったが、「もし途中で逃げたりしたら、この子供がどういう目に遭うか覚悟しておけ」と、小陽を盾に何度も脅されながら歩いた。

（天崭様……）

彼に何を言い残すこともできず、邸を後にすることになってしまったのが気がかりで、銀嶺は見えなくなるまで何度も背後をふり返った。

色鮮やかな天崭の邸に温かな光を降り注ぐ陽は、まだ昊に高く、天崭が帰ってくる時刻までは遠かった。

銀嶺と小陽が連れていかれた州城は、天嶄の邸がある川岸から半日ほど歩いた先にある、常雁という街市の中央に位置する巨大な宮城だった。

黒い甍を乗せた白壁が延々と続く向こうに、幾重にも重なる建物と堂や高楼などが見え、天嶄の邸とはまた違った趣のある豪奢な建造物だ。

州候とその家族の住まいとして以外にも、役人たちが働く役所としての役割もあり、銀嶺が連れていかれたのは内殿と呼ばれる州候とその家族たちの住居部分、小陽が連れていかれたのは外殿と呼ばれる役所部分だった。

「…………！」

会話は交わさないながらも、互いの無事を祈り、深く頷きあって小陽とは別れる。

一刻も早く剣正という人物にかけあい、小陽とその父親を解放してもらわなければと心に誓う銀嶺は、州城のかなり奥まった場所まで案内された。

多くの人が出入りする外殿部分を抜け、間に広がる緑豊かな園林を過ぎると、どこからか聞こえてくるのは女性の声だ。きゃあきゃあとはしゃいでいるように聞こえていたそれが、近づくにつれ、単なる喜びの声ではないということが銀嶺にもわかる。

「あ……ああん……剣正様ぁ……」

まるで男と睦みあっている時の女性の嬌声のようで、どきどきと跳ねる胸の音が治まらない。

「ここだ」

とある建物の前で銀嶺を立ち止まらせた男たちも、戸惑ったような表情をしている。

男が衝立の陰から建物内に声をかけると、いったん女性の嬌声は止まった。しかし「入れ」と中から聞こえた声に従い、銀嶺が男たちに無言で入室を促されると、また小さく聞こえ始める。

「ああっ、剣正様……もうっ、もう……」

入ることをためらう状況だが、男たちに鋭く見据えられ、銀嶺に拒否権はない。おそるおそる衝立を避けて建物の中へ入ると、そこに広がっていたのは金と紅に彩られたなんとも淫靡な空間だった。

壁も床も天井も紅色に塗られ目に痛いばかりなのに、更に柱などの建具、家具などは輝く黄金色に統一されている。房室には窓がなく、広さに対して燭台の数が少ないので、光が届かない場所は薄暗くて何があるのかはっきりせず、現実離れした雰囲気にますます拍車をかけている。

天井から幾重にも垂れ下がる紗のせいで、房室の奥まではよく見えず、中央に置かれた天蓋つきの豪奢な牀榻の上で何がおこなわれているのかはわからない。しかし衣擦れの音とあえかな吐息、こらえきれない嬌声から、答えはほぼ明らかだ。

「失礼します」

どきどきと落ち着かない心臓をこらえながら銀嶺が房室の中へ入ると、女の嬌声がやんだ。代わりにすすり泣くような、か細い声が聞こえてくる。

「そんな……ひどうございます……うっ……」

「黙れ。お前の気持ちなど聞いていない。もう用はないと言ってるんだ。わかったらさっさと出ていけ」

それに対応する男の声は、言葉の厳しさもさることながら声音も冷たく、ひっと小さく悲鳴を上げた女性と共に、銀嶺の心臓も止まってしまいそうだった。

(怖い……)

しかしその声の主が、おそらく剣正なのだ。その人に会い、小陽たちを解放してもらわなければ、銀嶺がここまで来た意味はない。

「何をしている、来い」

今度は自分に向けてかけられたらしい声に素直に従い、銀嶺は一歩を踏み出した。

近づくにつれてはっきりと見えてきた巨大な牀榻の上には、若い男が半裸で坐している。

色味の薄い髪を首の横で緩く結わえ、乱れて顔にかかる前髪をうっとうしそうにかき上げているのは、それが乱れるような行為をほんの今までおこなっていたからだろうか。

髪と同じく色素の薄い瞳は眼光鋭く、ちらりと視線を向けられただけで背筋が凍りそうなほどに酷薄な印象がある。

中肉中背で、天斬よりは小柄だが、よく鍛えられた体つきで、動きにまったく隙がない。上半身裸のその男に、もっと近くに来るようにと顎で指示され、自分はこれからいったいどうなってしまうのだろうかと銀嶺の心は不安に揺れた。

牀榻の真横に立つと、射るような鋭い眼差しを向けられる。

「お前が天女か？　その被りものを取ってみろ」

目立たずここまでたどり着くために、男たちの命令で再び頭から被っていた布を、銀嶺は震える手で取った。あらわになった銀白の長い髪を見て、剣正の顔つきが変わる。薄い唇の端が吊(つ)りあがり、爬虫類(はちゅうるい)じみた口もとになる。

「ほう……もとからその色か？　染めたわけじゃなく？」

「はい……」

顔に向かって手を伸ばされ、ぴくりと銀嶺の身体が震えた。剣正は銀嶺の細い顎を摑み、力ずくで彼のほうを向かせる。顔をのぞき込む瞳はまるで蛇のようで、銀嶺は自然と嫌悪を覚える。

「瞳は紺青か……悪くない。それにその髪……どうやら私が、川を流れていく姿を見た天女に間違いないようだ。今日までどこでどう暮らしていた？」

「それは……」

銀嶺は言葉に詰まる。その様子から何かを察したようで、剣正の表情がますます酷薄になる。

「言いたくないか？　だが強情な女の口を割らせるのは、私がもっとも好む遊びの一つだ」

その声にも表情にも、どうしてこれほどと思うほどの嫌悪が、銀嶺の心には次から次へと湧いてくる。

そういう相手に触れられたくなどないのに、剣正の細い指がまるで強迫するように、銀嶺の喉もとを上から下へとたどる。

「すぐに泣いて縋るように躾けてやろうか。それともせっかく手に入れたのだから、ぞんぶんに焦らして愉しむか……」

値踏みするような眼差しで全身を眺められ、まるで丸裸にされてしまったかのような心境だった。

今すぐこの場から逃げ出したい。しかし銀嶺はそうすることができない。

じろじろと自分を検分している剣正に、銀嶺は思いきって切り出した。

「あの……お願いがあります。天女を知っているかもしれないということで捕らえた親子を、どうか解放してください。それをお願いしたくて、私は自分からここへ来ました」

「なるほど、あの親子に今まで世話をしてもらっていたというところか？　それにしては着ているものなどかなり上等な絹だが……」

「…………」

剣正の問いかけに、銀嶺はそうだとも違うとも答えない。自分を匿っていたということで小陽たちが罪に問われるのも、彼ら以外にも協力者がいたのかと天嶄に疑いの眼が向けられるのも、どちらも避けたかった。

それなので意を決して、剣正に取り引きを持ちかける。

「これまでのことはどうか詮索しないでください。私はこうして自分からここへ来ました。お望みでしたら、なんでもします」

「ほう……なんでも？」

剣正が嬉しげに喉を鳴らし、銀嶺に伸ばしていた手を更に下へと下ろした。衣の合わせ目に指先がかかりそうになったのを、身体を後ろへ引くことでさりげなく避け、銀嶺はきっぱりと頷く。

「はい。ですからどうかこれまでのことは詮索せず、あの親子を自由にしてください」

意志の強さを示すように、眼差しに力を込めた瞳を、真っ向から見つめ返される。ともすればその奥に見え隠れする闇に吸い込まれそうになりながらも、必死で睨み返す銀嶺の心意気が気に入ったようで、剣正はにやりと笑った。

「いいだろう、お前の望みを叶えてやる」

「ありがとうございます」

安堵から身体の力が抜け、ほっと肩を下ろす銀嶺を、剣正は獲物を追いつめた獣のような目で見る。

「その代わりお前は、これから私の玩具だ。この房室から出ることは許さない。ここで暮らし、私のためだけに存在しろ。いいな」

「…………」

とても呑むことはできないような条件だったが、だからといって突っぱねることもできなかった。

「はい……」

苦渋の思いで頷いた瞬間、胸に浮かんだ天嶄の面影を、銀嶺はそっと胸の奥へしまい込んだ。


それからいったん房室を出ていった剣正と、入れ替わるようにして入ってきた数人の女官たちに、銀嶺は着ているものをすべて脱がされ、身体の隅々まで念入りに洗われた。

天上界にいた時にも、天帝の閨に呼ばれたということで、仲間の天女たちに身体を洗われ、着飾らされたことがあったが、あの時とはわけが違う。

見も知らない女官たちに無言のまま作業をされ、まるで自分が本当に物になってしまったかのような心境だった。

(玩具って……何をさせられるんだろう？)

確か天嶄も、剣正のことを「変態」だとか「玩具にされたいのか」などと蔑んでいた。どんな目に遭わされるのかという恐怖と共に、再び胸に甦った天嶄の面影に、銀嶺の心はどうしようもなく苦しくなる。

(天嶄様……ごめんなさい……)

彼の言いつけを守らず一人で邸を出て、ついにはこれほど遠い場所で囚われの身となってしまった。

「ここで暮らし、私のためだけに存在しろ」と剣正に命じられた以上、もし逃げ出せば自分だけでなく、おそらく小陽とその父親、ひょっとすると天嶄にまで迷惑がかかるかもしれない。銀嶺が自由になれる未来はまったく想像できなかった。

剣正が飽きればあるいは解放されるかもしれないが、その時に今と同じ心と身体の状態でいられるかの保証はない。望みは持たず、心を殺して、今は現状を受け入れるしかないようだ。

自分のこれからについて銀嶺が諦めの境地にたどり着いているうちに、身体を清める作業も終わった。肌を輝かせるような液体を全身に塗られ、いい香りを放つ香油を擦り込まれ、顔にも化粧を施されてから、新しく準備された衣を着つけられる。

「これは……」

紅色で統一された襦裙は、この世界に落ちた時に銀嶺が着ていたものと同じで、初夜を迎える花嫁の服装だ。しかし以前と違い、長襦も長裙も胴衣も透けるように薄く、いくら重ねても中の身体の線があらわになってしまう。

「できました」

優美に髪を編まれ、準備の完了を告げられても、銀嶺はまだ丸裸で立たされているかのような気持ちだった。形だけ真っ赤な衣を着つけ、その中の真っ白な身体はほぼ透けて見えてしまっていることが、いっそ何も着ていないよりも恥ずかしい。

（こんな格好であの人の前に出るなんて……）

剣正の全身を舐めるような眼差しを思い出し、銀嶺は嫌悪に震えたがどうすることもできない。

牀榻に上り、敷きつめられた紅色の褥の上で、剣正が帰ってくる時を待った。

「準備はできたようだな。ああ、これはこれは……さすが天上の佳人。人間如き(ごと)とはもとの美しさが違う。まるでたった今、私のために天から舞い降りたかのようだ」

「…………」

どれほどの美辞麗句を並べられても、剣正の人となりに嫌悪を抱いてしまっているので、銀嶺は嬉しいとは受け取れない。できることならそれほどに見ないでほしいと、身じろぎする。

その様子さえ、一瞬も目を離さず見つめながら、剣正は手にしていた香炉を牀榻脇の卓子の上に置いた。

「それは？」

訊ねた銀嶺に、剣正は何かを含んだような笑顔で答える。

「少し特殊な香を焚いただけだ。いい香りだ。きっと気に入る」

おそらく何かよからぬものだろうとは想像がつくが、だからといって銀嶺にはどうすることもできない。

とても甘く、酩酊感を覚えるような香りがするのでなるべく吸わないようにしようとするが、すぐ近くに置いてあるので避けようもない。まだ剣正との間にはかなりの距離があるのに、せり上がるように心臓の音が速く激しくなり、肩ではあはあと息をしてしまうことが銀嶺は悔しかった。

（これではまるで、これから何をさせられるのか、期待して喜んでしまっているみたい……）

決してそのようなことはないのだが、剣正にただじっと淫らな服装を見られているだけで、身体の奥が疼き、全身の熱が高まる。

(そんな……！)

焦る銀嶺をますます辱めるように、剣正が問うてくる。

「興奮しているのか？　天女というのは感じやすいものなのだな」

衣の下の胸の膨らみの頂点を指で示され、銀嶺は慌てて両腕で隠した。そこは自分の目から見ても明らかに硬くしこっていた。

「ち、違います！」

言葉では否定したものの、腕で覆い隠した瞬間、わずかに触れただけで背中に衝撃が走るほどの快感を得た。このようなはずはないのにと、銀嶺は必死で首を横に振る。

「そんなはずな……」

言葉の途中で手を伸ばしてきた剣正に、強引に腕を引かれ、解放された胸の膨らみの頂点を衣の上からぴんと弾かれる。

「嘘を吐け、こんなに硬くして」

「きゃうんんっ」

自分のものとは思えない声が喉から漏れ、嘲るような視線を向けてきた剣正に、銀嶺は必死で抗う。

「違っ、私……本当にこんなんじゃ……」

「どうかな？　口でならなんとでも言える。おそらくもう下のほうも、期待で濡れているんじゃないのか？」

探るような剣正の視線から秘めたる部分を隠すように、銀嶺は太腿をぴたりと閉じて半身を倒したが、その部分がいつになく濡れてしまっていることは確かだった。

（そんな……！）

天斬以外の男の前に半裸の状態で座らされて、感じてしまうなどあり得ない。頭ではそう思うのに、身体はまるで違った反応を示す。

まるで気持ちがよければ相手は誰でもいいとでも言っているかのようで、ただ一人天斬にだけ捧げている心を、身体が完全に裏切ったような状態だ。

焦る銀嶺に、剣正が選択を迫る。

「美しくて卑猥な姿をずっと眺めているのもいいが、やはりもっと身悶えさせたくなるな。どうする？　私にかわいがられるか、自分で自分をかわいがるか……どちらかをお前に選ばせてやる」

「そんな……！」

こうしてあられもない姿を見られているだけでも凄まじい嫌悪感であるのに、その上剣正に身体に触れられるなど想像もしたくない。だからといって自分で自分をかわいがるなど、これまでしたこともないし、それを剣正に見られるのもいやだ。

どちらも選べず押し黙る銀嶺に、剣正が迫る。

「早く決めろ、私は気が長いほうじゃない……ぐずぐずしていると、もういっそひとおもいに抱く。いやがる女を無理やり組み敷くほど楽しいことはないからな。さすがに天女は初めてだが……どんな具合なんだ？」

下卑た視線を下半身に向けられ、銀嶺は身体を捩って逃れようとした。しかしその動きを利用して、ごろんと牀榻に仰向きで寝かされてしまう。

「私がかわいがるのほうでいいか」

ほぼ透けてしまっている衣の合わせ目に剣正の手が伸びる。反射的にそれを払い除けて銀嶺は叫んだ。

「待って！　待ってください……自分でします」

にやりと唇の端を吊りあげて剣正が笑い、銀嶺のすぐ隣に腰を下ろす。

「やれ」

「………！」

傲慢な態度で命じられても、すぐ近くで見られているような状況で何をどうしたらいいのか銀嶺にはわからない。戸惑いを察したようで、剣正が指示を与えてくる。

「胸もとから衣の中に手を入れてみろ。私にもよく見えるように膨らみを摑め。大きく揉みながら乳首を責めろ。手を抜くんじゃないぞ……もし自分でできないようだったら、私がすぐに代わる」

「…………！」

　剣正に触れられることだけはいやなので、銀嶺は歯を食いしばって己の胸もとに手を挿し込んだ。膨らみに触れることなどなんでもないことのはずなのに、肌が妙に敏感で、自分の手にさえも熱い声が漏れそうになる。

(何、これ……？)

　必死にこらえながら乳房を緩く揉んでいると、剣正が不満そうな声を発した。

「なんだそれは……それぐらいしかできないのなら、やはり私が……」

「待って！　やります！　やりま……ああっ」

　勢いよく自分で胸を掴みあげたはいいものの、身体の反応のほうがついていけず、銀嶺は身悶えする。耐えられないほどの愉悦が自分の手が触れた場所から湧いてきて、とても信じられない。

「やっ、こんな……ああっ、嘘……」

「自分でやっておいて何を言う」

　剣正は人の悪い笑顔で、悶える銀嶺の姿をじっと見ている。

「もっと乳首を弄れ。そうだ。強く押し込んで指先で捏ねるように刺激しろ。もう両手で一度にやればいい。ほら」

　長襦の襟を肩から引き下ろされ、剝き出しにされそうになった両胸の膨らみを隠すためには、確かに銀嶺は両手で胸を覆うしかない。その状態で強く揉めと命じられ、涙を浮かべながら指示に従った。

「はうっ、あ……いや……いやぁ」

がくがくと身体が痙攣するほどに強烈な快感が、全身を突き抜ける。さすがにこれはおかしい。いったいどうしてと銀嶺は頭をめぐらし、牀榻のすぐ脇に置かれた卓子の上の香炉に、ぼやける視線を向けた。

(あれだわ……)

あの甘い香りを嗅いだ時から、身体が普段とは違う反応を示し始めたように思う。しかもそれは時間が過ぎるほどにひどくなり、必死に思考しようとすることさえもうままならない。

「いや……あんっ、いや……ぁ」

剣正に命じられるままに自らの肉体を責め、耐えがたい快楽に溺れてしまいそうでそれが怖い。

「そろそろ下のほうもかわいがったらどうだ」

いやだとは言えない言葉に従い、長裙の更に下の下穿きの中へ手を入れてみると、そこはすでに衣としての役目を果たさないほどにしとどに濡れていた。

どくどくと脈動するように熱く疼いている場所に手を伸ばすのが怖く、銀嶺が躊躇していると、緩めた長裙を剣正に引き下ろされそうになる。

「邪魔になるなら脱がしてやろうか」

「いや、いやあ」

この男の前に秘めたる部分を晒してしまうことは避けたく、銀嶺は細い指を自分の秘所へ伸ばした。

「あっ、あああっ」

細い指の感触と、それを包み込む濡れ襞の柔らかく蕩けそうな感触をどちらも自分で享受し、頭がおかしくなりそうだ。指を胎内に引き込もうとするかのように絡みついてくる襞が自分の身体の一部だとはとうてい思えず、銀嶺は混乱に陥った。

「どうだ？　自分の胎内の感触は？」

はあはあと息を荒らげながら、剣正が訊ねてくる。答えることを拒否して、それならば自分で確かめると言い出されることがいやで、銀嶺は正直に感想を言葉にする。

「あ、熱いです……あんっ、すごく熱くて蕩けそう……んっ、襞が絡みついてくる、っん」

「ははは、自分の指を咥え込んで大洪水じゃないか。もっと激しく動かしてみろ」

「やっ、あ……できな……ぁ」

首を振る銀嶺の腕を掴み、剣正が乱暴に揺さぶりたてた。

「こうだ。できないなら私がしてやろうか？」

「いや、あっ……あああっ……」

できないのならば剣正がという脅しが怖く、銀嶺は言われるままにどんどん堕ちていく。命じられたように自らの身体を責め、肉体の快楽は得られても心は乾いていくばかりだった。

「いやっ……こんなの……あっ、ああっ」

天斬に愛されて、身体と共に心も充たされるような行為とはまるで違う。怪しげな香で無理やり身体の感度を高められ、脅迫されておこなう自慰は虚しく辛い。

それなのに心に反して身体は快感に押しあげられ、強く己の指を締めつけながら、今にも頂へと上りつめそうになる。

「あっ、ああ――っ……いや……いやぁああっ!」

目の前が白く弾け、身体の奥深くがどくんと脈動した次の瞬間、蜜壺の奥から大量の愛液がどっと溢れ出したことが自分でもわかった。指を伝って掌へ、更にそこから脱ぎかけの下穿きへと滴り落ちていく感触が生々しい。

どくどくと蠕動を続ける蜜壺から指は押し出され、心はほっと安堵しているのに、空虚を抱えた部分はそれをもの足りなく感じている。さまざまな感覚が身体中で入り乱れ、銀嶺はわっと泣き伏してしまいたい心境だった。

(私……自分で……)

嫌いな男の目の前で、命じられるままに指を動かして自ら極めてしまった。今すぐ消えてなくなってしまいたい気持ちで、目の前が真っ暗になる。

「もう達ったのか？　天女というのは感じやすいものだな。それともお前が特別敏感なのか？　ははは」

剣正がまだ銀嶺を辱めるような言葉を並べているようだが、もう何も聞きたくない。耳を塞いでこのまま己を閉じ込めてしまいたい。

心を殺してしまった銀嶺は、すぐ隣にいるはずの剣正の言葉を、どこか遠い世界のことのように聞いていた。

「これぐらいではまだもの足りないだろう。じゅうぶんほぐれただろうから、あとは私が相手をしてやる。自分でするよりもっと悦くしてやるから、気を失うなよ」

剣正がとても危険なことを言い、銀嶺の衣を次々と脱がしているようなのに、抗うための気力も腕の力もない。

（いや、私どうなっちゃうの……こんなのいや……）

暗転していく視界は、自分が諦めの心境で瞳を閉じたからなのだとばかり、銀嶺は思っていた。しかし、実際には違った――。

ごろごろという雷鳴と共に目を射るかのような雷光が煌めき、いつの間にか外はたいへんな悪天候になっていたと知る。窓のない房室の中にいてもわかるほどなのだから、よほどの雷だ。

「なんだ？」

さすがに剣正も銀嶺を襲っている場合ではないと思ったらしく、牀榻の上から下り、房室の出入り口へと向かう。

その瞬間、視界を灼くような閃光が目の前を走り、どおんと大きく音を立てて建物全体が揺れた。

「きゃあああっ」

驚きで固く瞑った目を銀嶺がおそるおそる開けた時には、前方の壁がまるでなかった。

「え……？」

どうやら雷が建物を直撃したらしく、真紅に染まった房室の半分が消し飛び、分断された部分からはぶすぶすと煙や火が上がり、焦げ臭い匂いがあたりに充満している。

牀榻の上にいた銀嶺はまだ距離があったが、そこから下りて出入り口に向かおうとしていた剣正はまさに目の前に雷が落ちたようで、泡を吹いて床に転がっている。

「あ……」

今すぐここから離れなければ、真紅の住氈に燃え移った炎が次第に広がり、それに巻かれてしまう可能性がある。銀嶺は逃げなければと思うのに、恐怖で竦んだ身体が動いてくれない。

「あ……いや……」

このような場所で剣正と最期を共にするのはいやで、転がり落ちるようにしてかろうじて牀榻を下りたが、そこからなかなか立ちあがることができない。

追いつめられた状況だというのにまだ全身が敏感になっており、剣正が焚いた香の効果が残っているのだと絶望を感じた。

誰かに助けを求めたくても、ほぼ身体が透けたような淫らな襦裙を着せられており、その姿を見られることは恥ずかしい。そもそも剣正がこの淫靡な部屋から人払いをしており、少し呼んだくらいで聞こえる位置には、誰もいないはずだ。

「誰か……誰か、助けて……！」

声は昊を覆い尽くす黒雲によって、ほぼ闇と化した空間に吸い込まれていくばかりで、誰の救助も望めそうにはない。

「小陽……小陽！」

彼は無事でいるだろうか。この建物に雷が落ちる前にも、幾度か近くで雷鳴が轟（とどろ）いていた。直撃を受けていなければいいがと願いながら、その名前を呼ぶ。そして――。

「天嶄様……！」

もうこのまま助からないかもしれないと思うと、自然と喉を突いて出てくるのは、やはりその名前だった。

彼は今頃どうしているだろう。もう邸に戻って、銀嶺がいないことに驚いているだろうか。それともまだ、どこからかの帰路の途中だろうか。

どちらにしてももう会うことはないのかと思うと、涙が零れて仕方がなかった。

「ごめ、なさい……天嶄様……」

あれほど大切にされたのに、あれほどの愛情を貰ったのに、その傍を少し離れてしまったがために、もう二度と会えないかもしれない。

まだ伝え足りないほどの想いがあり、これから共に成し得ていこうと思っていたことも数えきれないほどあるのにと思うと、銀嶺は悔恨の涙が止まらなかった。

「ごめんなさい……！」

両手で顔を覆い、涙で濡れたその頬に、何者かの指が当たる感触がした。

「え……？」

それは知らない感触ではなく銀嶺がよく知る感触で、しかも剣正とは違い、触れられただけで肌だけではなく心も躍るような指だ。

思い当たる人物は一人しかおらず、しかしその人物がこの場所に現れるはずはなく、銀嶺は顔を覆った手を放す勇気が持てない。

頬を伝う涙を拭った指の主は、床に座り込んだままの銀嶺の肩に上衫をかけてその場に立たせ、よろけそうになる身体を軽々と腕に抱えあげた。

「謝るのは後だ、銀嶺。言い訳も謝罪も、後でたっぷりと聞いてやる。まずはここから帰るぞ」

力強く身体を抱きしめてくれる腕の感触と、耳もとで囁く声はもはや他の誰とも間違いようがなく、銀嶺は自分を抱きあげた人物の首に腕をまわしてしがみついた。

「天嶄様！　どうしてここに？」

天嶄は銀嶺の頭に愛おしむように頬をすり寄せると、大きく一歩を踏み出す。

「その説明も後だ。それよりも今は、この変態に何をされたのか正直に教えてくれ」

天嶄が軽く足先で蹴ったのが、みっともなく床に転がる剣正だと知り、銀嶺の胸は鈍く痛んだ。

「何を……」

天嶄には聞かれたくなく、言いよどんでいると、苛立ちを込めた声で聞き質（ただ）される。

「どこまで触られた？　まさか全部奪われたわけではないよな……？　もしそうなら生かしてはおかない」

本当に今すぐ剣正を殺してしまいそうなほどの気迫を感じ、銀嶺は慌ててその首に抱きつき直した。

「触られていません！　腕や肩ぐらいしか……恥ずかしい格好は見られましたが、特に何かされてはいません」

最後に意識が朦朧（もうろう）としていたあたりでは、着ているものを脱がされ、身体を穢（けが）されようとしていたことはわかっているが、未遂に終わったので天嶄には言わないでおく。そうでなければ今の怒りようでは、彼は本当に剣正の息の根を止めてしまうかもしれない。

「本当です、天嶄様！」

眼差しに力を込めてその顔をふり仰ぐと、すぐ近くにあった天嶄の唇がゆっくりと唇に重なってきた。

（あっ……）

胸と身体の双方に、じんとした痺れが起こる。天嶄の口づけは優しく、そっと唇を重ねられると、深く傷ついて今にも干からびてしまいそうだった心に潤いが戻ってくるのを実感する。

「んっ……」

またこの腕に中へ帰ってこられた。こうして唇を重ねることができた。その喜びに心が充たされて、溢れ出した涙が止まらない。

しかしそれとは対照的に、怪しげな香で感度を高められてしまった身体のほうは、消えかけていた残り火にまた新たな油を注がれたかのようだった。

ただ唇を重ねているだけの優しい口づけのはずなのに、天嶄に抱きしめられている身体が熱くなり、甘い声を上げて身悶えしてしまいそうになる。

「んっ……んう、はあ……はあ……」

「銀嶺？」

紅い顔をして荒い息をくり返す銀嶺が普通の状態でないことは天嶄にもすぐに伝わったようで、抱きしめてくれる腕に力がこもった。

「やはり、まったく何もされていないわけではないようだな」

忌々しげに剣正を見下ろすと、天嶄はその身体を火からは離れた場所へ軽く蹴りとばす。

「生かしてはおかない」などと言いながらも、やはり最低限、命だけは救ってやるようだ。

「こんなところで死なれては寝覚めが悪いからな」

冷たく言い放ちながらも、その本質がとても優しいことを銀嶺は知っている。

そうでなければ川を流れてきた銀嶺を助けたり、魚の代金を払えない小陽にわざわざ釣りを教えてやったり、自分との約束を破った恋人をこれほど遠くまで助けに来たりなどしない。

天嶄は本当に心から信頼して尊敬できる、自分にとっては唯一無二の相手なのだと銀嶺は改めて実感する。

「どうした、銀嶺?」

気持ちのままに抱きつくと、戸惑うように訊ねられたので本音を言葉にした。

「好きです、天嶄様……私にはあなたしか考えられません。約束を守らなくてごめんなさい……でも大好きです」

涙ながらに心情を吐露する銀嶺を、天嶄がかき抱くように強く胸に抱きしめ直した。

「私にもお前だけだ、銀嶺……早く邸へ戻ろう」

「……はい」

昊を埋め尽くしていた雷雲は去り、その代わりに現れた雨雲から、まるで落雷に遭った宮城を鎮火するかのように、大粒の雨が降り出した。

その中で、騒ぎに乗じて捕らえられていた場所から天嶄が救い出してきた小陽とその父と合流し、銀嶺は帰路についた。天嶄に抱きしめられ、充たされた思いでの帰還だった。

その日、州城に落ちた雷は七つを数え、直前までは昊が晴れ渡っていたこともあり、天帝の怒りを買ったのではないかという噂が、瞬く間に街市中に広がった。

古来から雷は、神の怒りの表れという言い伝えがある。それに加えて州候の息子である剣正が、以前から天女を捜していたことは多くの者の知るところであり、そうと思われる娘を無理やり連れ帰ったというのも、いつの間にか周知の事実となっていた。

分不相応のことを目論み、天罰を受けた男ということで、州城の修理が始まっても剣正の名誉は回復せず、ついには父親の厳命で仏門に入ることとなった。

というのは後になって小陽が教えてくれたことであり、その日の銀嶺は実際、剣正の処遇どころの話ではなかった。

剣正に焚かれた怪しげな香の効果がなかなか抜けず、天嶄の腕の中で身悶えしながら、やっとの思いで彼の邸へと帰った。

帰り着き、はあはあと肩で息をする銀嶺を牀榻の上へ寝かせると、天嶄もこれまでこらえていた自制の念が弾け飛んでしまったようで、熱のこもった目で銀嶺を見つめる。

「なんだこの格好は、実にいやらしい」

肌が透けて見える襦裙を責められるので、剣正の趣味で着せられていたこともあり、銀嶺はそれを脱いでしまおうとした。しかし天嶄はそのままでいいと言う。

「せっかくだから、そのままで楽しませてもらおう。銀嶺、じっとしていろ」

「あんっ、そんな……ぁ」

衣の上から胸の膨らみを揉まれ、先端の突起に指をかけられる。普段から天嶄はそれぐらいのことならば目で確認しなくてもできるが、今日はほぼ透けて見えてしまっているので、とても衣の上からとは思えないほどに動きが正確だ。

それなのに指と肌の間には布地が確かに存在し、生地が肌に擦れる感覚にも、銀嶺は喘ぎを漏らす。

「あんっ、だめ……ぇ、あっ」

布地ごと、天嶄は銀嶺の肌を食んだ。

「赤い布に透ける白い肌……悪趣味だが、確かにそそられる」

褒めているのだか貶（けな）しているのだかわからない言葉で、天嶄はねっとりと銀嶺を責める。

剣正の部屋では自分で慰めるしかなかった身体を、大好きな人に蹂躙されている——そう考えただけで、銀嶺は今にも極めてしまいそうだった。

「はんっ、はあ……はあ……天斬様……下も……ぉ」

普段の銀嶺ならば決して口にしないような言葉も、あの怪しい香のせいで止まらない。

「あ、ちが……そうじゃ……」

はっと我に返った銀嶺は慌てて訂正するのに、天斬は「そうだな」と銀嶺の下半身に移動し、大きく広げた脚の間に顔を埋めてしまう。

「ここも欲しがって、こんなに震えているからな」

薄い衣の上から、熱く濡れた部分に口づけを落とされ、銀嶺は背を反らせて身悶えた。

「待って、天斬様！　違うの……そんなとこだめ……ああっ、いや……舐めちゃだめぇ……」

びくびくと蜜壺をわななかせてあっという間に達してしまった銀嶺にも構うことなく、天斬は彼女の胎内から溢れ出てきた愛液を、薄い布越しにぴちゃぴちゃと音を立てて舐める。

敏感な器官を布地ごときつく吸いあげられ、銀嶺は一瞬、意識が途絶えてしまいそうになった。

「あ、ぁ……やぁ……もう、だめ……ぇ」

しかしその意識が戻ったのは、天斬が銀嶺の長裙と下穿きを脱がし、丸出しになったその

場所にもう一度、今度はじかに顔を埋めたからに他ならない。

「はあぁんっ、だめぇ……あっ、ああっ」

銀嶺は大きな声を上げて、なんとかその淫猥な行為をやめてもらえるように抗った。しかし天嶄は暴れる銀嶺の腰を押さえつけ、快感にわななく蜜壺の中へ舌をねじ込んでくる。

それは天嶄の指や熱棒を押し込まれた時とはまた違う感覚で、蕩けそうに熱い蜜壺よりも更に熱い舌で濡れ襞を舐めまわされ、ぞくぞくするような感覚が止まらなかった。

「はんっ、あんっ、あぁぁっ……あ」

「気持ちいいか、銀嶺？」

秘部に息を吹き込むようにして問いかけられ、銀嶺は腰を高くせり上げてしまう。

「はぁ……はいっ、天嶄様ぁ……あっ、あっ、気持ちい……あぁ、も……変になっちゃ……んっ、んうっ」

「なればいい。もっともっと乱れてみろ」

舌を押し込まれた秘裂の上の蜜玉を指で擦られ、銀嶺は腰を大きく上下させて悶えた。

「あんっ、あっ……いい……っあ、天嶄様……ああん、天嶄様ぁ……」

甘えるような声に誘われたかのように、天嶄が銀嶺の脚の間から顔を上げ、大きく身体を重ねてくる。

「あっ、ああっ」

逞しい胸筋に胸の膨らみを押し潰され、下腹部に下腹部が重なっただけで、敏感になりすぎた銀嶺の肌は歓喜に粟立ってしまう。自分から天嶄の下で大きく脚を広げ、待ち侘びたものの来訪を待つ格好を取ってしまった。

「銀嶺……」

袴を脱いだ天嶄に熱い昂ぶりを押しつけられ、それだけでとろとろに蕩けた泉の中に半分ほどまで呑み込んでしまう。

「すごいな」

ごくりと息を呑む天嶄が何をするまでもなく、銀嶺が腰を使い、彼のものを胎内に迎え入れたのだ。そのまま更に奥へと、濡れた蜜襞が天嶄のものに絡みつき激しく誘う。

「はんっ、はぁあっ……天嶄様ぁ……あっ、ああっ」

しかし本人にその自覚はまったくない。天嶄から押し入られた気分で、被虐的に悲鳴を上げている。

「あ、こんな……ああっ、こんなぁ……ああん」

大きく動く銀嶺の腰に引きずられ、天嶄のほうが動かされているような状態だった。

「こいつ」

それでも天嶄が意志を持って奥を穿ち始めると、また銀嶺の声が変わる。

「あんっ、だめ……ぁ……そこ、やぁ……っん」

銀嶺の弱い場所を知り尽くしている天嶄は、それしきの抵抗の声では動きを止めたりなどしない。

「お前の『いや』は『いい』の同義だろう、銀嶺。さっきのように正直に言ってみろ。そしたらもっと悦くしてやる」

「ちが……ちが、私ぃ……っん」

「意地を張るな。ここには私しかいない。お前のいやらしい姿もいやらしい声も、私の記憶にしか残らない」

「だめ……あ、だめなの……ぉ……っん」

「強情な奴だ」

何を言っても銀嶺が拒否すると知ると、天嶄はそれまで銀嶺の身体を揺さぶりたてていた動きをやめてしまった。あろうことか、銀嶺の中から己のものまで抜いてしまう。

それまで天嶄と濃厚に繋がり、快感を享受しあっていた銀嶺は、突然その交わりを解かれ、疼く身体を持て余してむせび泣き始めた。

「いや……いやぁ……」

蜜壺はもの欲しげにひくひくと蠢いている。それなのに突然に奪われた甘い刺激を与えてもらえず、身体が切ない。

「天嶄様……ひどい……」

呟いた銀嶺の身体をくるりとうつ伏せにし、天嶄は後ろから覆い被さるようにして身体を重ねてきた。求める刺激はすぐそこにあるのに、身体の向きが逆のため自然と胎内に納まるようなこともなく、銀嶺は腰を揺らして懇願する。

「ああ、どうか……」

その声が気に入ったらしく、天嶄は耳朶を噛みながら銀嶺に囁きかけた。

「どうしてほしいんだ？　言ってみろ」

それは先ほど口にするようにと迫られた言葉よりもむしろ恥ずかしく、銀嶺はとても言葉にできない。

「無理です……言えな……」

「ならばずっとこのままだ」

「そんなぁ……」

銀嶺は懇願するように腰をゆらゆらと揺らした。しかし今回ばかりは天嶄の意志は固いらしく、その腰を褥からいっそう高く浮かせて銀嶺を膝立ちにさせながら、尚もねだる言葉を待つ。

「言え、銀嶺。私にどうしてほしい？」

焦らすように熱いものを蜜口に押しつけられ、それでも胎内には押し入ってもらえない。

香で昂ぶらされた銀嶺の身体にはこらえきれないほどの熱がたまっているのに、それを発散するような激しい刺激を与えられず、じりじりと灼けつくような飢餓感が、身体を蝕んでいく。

「ああ、天嶄様ぁ……お願……お願いです……っん」

ゆらゆらと腰を揺らしながら褥に顔を伏せ、ようやく懇願の言葉を吐いた銀嶺に、答える天嶄の声は実に活き活きとしていた。

「何が望みだ？」

まさかそこまで自分の口で言わなければならないのかと、銀嶺はその無情さに肌をわななかせる。それでも身体の渇望はもうこらえきれない。天嶄に顔を見られることはないのを励ましに、今すぐ消えてなくなってしまいたい言葉を口にした。

「もう一度……もう一度してほしいです……」

銀嶺としては精一杯の思いを込めての願いだったが、天嶄はまだ問いかけをくり返す。

「何を？」

(何を……！)

いくら感情が昂ぶっていても、さすがにそのようなことは口に出せない。そもそもなんと言ったらいいのか銀嶺にはわからない。仕方なく自分の知っている言葉で、天嶄にねだる。

「あの……天嶄様に……挿入ってほしくて……」

「どこへ？」

「私の……胎内です……っん、きゃあっ」

いつの間にか天嶄の誘導に乗り、銀嶺はあられもない願いを口にしてしまっているのだが、本人に自覚はない。とにかく早く天嶄ともう一度一つになりたくて、恥も自尊心も投げ捨てている。

「じゃあそうねだってみろ」

「あっ、天嶄様……私の胎内に挿入ってほしいです……」

甘える声でねだりながら、銀嶺は腰をくねらす。しかし天嶄はまだ合格点をくれない。

「もっと」

「挿入って……くださ……お願いします」

「まだだ」

どれほどねだっても望むものが与えられず、銀嶺は自棄を起こした。

「挿入って……挿入ってください、天嶄様……ぁ、お願いします……っん、私もう……我慢できな……っあぁ、お願い……天嶄様ぁ、あんっ」

天嶄の前であらわにした蜜口から、とろとろと溢れる愛液を零しながらの懇願に、さすがに天嶄も我慢が利かなくなったらしく、揺れる銀嶺の腰を両手で摑むと、その中央の淫らな孔に己の剛直をずぶずぶと埋め込んでいった。

「はあああんっ、あっ……ふぁ、あっ」

散々に焦らされた末に奥深くまで挿入された銀嶺は、ただそれだけで極めてしまい、そのまま横倒しになってしまいそうになる。

倒れかけた華奢な腰をしっかりと両手で摑み、天嶄は銀嶺の奥を穿ち始めた。

「はんっ、あっ、あ……は、あっ」

銀嶺の可憐な唇からは、蜜壺を突かれるのと同時に甘い声が漏れる。身体と一緒に揺れる胸の膨らみに天嶄の手が伸び、下からすくいあげるようにして摑まれた。

「あっ、ああっ」

その膨らみを自らのほうへ引き寄せるようにして、天嶄が銀嶺の身体を前後へ揺らす。そうすることで蜜壺に激しく出し入れされる熱棒に、襞が捲れるほどに胎内を擦られ、銀嶺は何度も肌をわななかせた。

「あ、天嶄様……来ちゃう、来ちゃ……ああっ、あっ、あっ……いやぁ、また……あああっ、もうだめ……だ、ああんっ、や……ぁあんんっ」

ひっきりなしに襲いくる絶頂の波が、次第にその間隔を短くしていく。すでにずっと極めているかのような状態で、蜜壺は蠕動をくり返しているのに、灼けるような渇望はいつまでも治まらない。もっともっとと、天嶄から与えられる快感を貪り続ける。

「こわ……もう、怖い……っん、怖いのぉ……っああ」

怪しげな香のせいとはいえ、こうまで貪欲に身体の心地よさを求めてしまうことが、銀嶺の心を壊してしまいそうになる。しかし――。

「大丈夫だ、銀嶺。私も一緒だ。お前が望むだけ、どれだけでも与えてやる。どこまでも一緒だ。昇る時も、堕ちる時も……」

身体をぴったりと密着させている天嶄が、強く抱きしめながら囁きかけてくれれば、身体だけでなく心も、彼を求めてまた潤う。

「天嶄様ぁ……あ、あっ……好き……好きです……っん」

「私も好きだ、銀嶺。愛している」

その言葉と重なる唇の感触さえあれば、気が狂いそうな愉悦の中でも、銀嶺はかろうじて己を保っていられるような気がした。

「あんっ、あっ……あ、あぁぁあ――っ！」

たとえ嵐のような快楽にさらわれた後でも、自分の帰るべき場所へ帰ることも――。

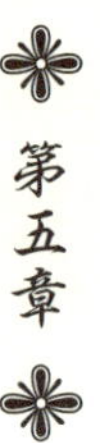

第五章

州城から天嶄に助け出され、彼の邸に戻って静養をしてから二日。ようやく銀嶺が牀榻を下りられるようになり、天嶄はことの発端についての質問を始めた。

「そもそもどうして、剣正に居所を知られた？　私の留守中に一人でふらふらと出歩いていたわけではないだろう？」

「それは……」

確かに不用意に出歩いていたわけではないが、銀嶺は完全に邸に引きこもっていたのでもない。小陽の父親の手当てをするために一度だけ邸を出て、そのたった一度が引き金となり剣正に囚われてしまったのだと、順を追って話すと、天嶄に難しい顔をされた。

「なるほどな」

天嶄が自分のためを思って邸から出るなと言い渡してくれていたことは、今となっては銀嶺には痛いほどによくわかる。

「ごめんなさい」

申し訳ない気持ちで頭を下げると、その頭を撫でられた。

「いや、お前なら確かにそうするだろう。それが銀嶺らしいし、そういうお前を好ましいと私は思っているし、今更文句は言わない。ただ……」

そこでいったん言葉を区切り、天嶄がますます難しい顔をしたので、銀嶺は不安になる。

「ただ……なんでしょうか？」

もう愛想が尽きたとか、呆れたとか、最悪の事態まで想定しながら次の言葉を待つ。それなのに天嶄はなかなか続きを話してくれず、促すような銀嶺の視線にとうとう根負けして、ようやく口を開いた。

「いや、やはり小陽だったのだなと、我ながら自分の勘の鋭さに驚いているだけだ」

「小陽が何か……？」

まだ幼い少年である小陽に対して、銀嶺を挟んで天嶄が敵対心のようなものを抱いていることは知っている。まるで同じ年頃であるかのように、しきりに警戒しているのだ。

しかしどう考えても小陽は銀嶺にとって弟、むしろ息子のような心境で見守っている存在だ。それなのに天嶄と同じ目線で比べることがおかしいと銀嶺は思うのだが、そう告げると銀嶺のほうがおかしいと指摘される。

「どうしてですか？」

いつになく食い下がり、どうしても譲らない銀嶺に、天嶄も折れる気配がない。主張のすれ違いが感情のすれ違いにまで発展しないうちに、納得できる理由を示してほしいと銀嶺は天嶄に訴えた。

天嶄は大きく息を吐きながら、どうやら言葉にするのは難しいらしい事柄を、なんとか銀嶺に説明しようとする。

「そもそも小陽に対してのお前の評価が間違っている。あいつをいったいいくつだと思っているんだ？」

「え？　十歳ぐらいではないのですか？」

まさか実年齢より見た目がかなり若いのかと銀嶺は焦ったが、どうやらそのようなことはないようだ。「そうだ」と天嶄はあっさり頷いてしまう。

「だったら……」

どう考えても自分の恋愛対象になりそうにはないと言いきろうとした銀嶺は、ふとあることに思いが至り、それを止めた。

(待って……)

確かに現在の年の差でいえば、銀嶺と小陽がそういう関係になることはあり得ない。しかしそれはその年の差がいつまでも等間隔である場合の話で、実際、銀嶺と小陽には当てはまらない。

「あ……」

銀嶺と小陽はもともと生きる世界が違う。地上界で暮らす人々が、自分の数倍もの速さで年を取っていく姿を、銀嶺は翠泉の底に何度も見てきた。

（どうして忘れていたんだろう……）

もし銀嶺が天上界にいた頃のままの年の取り方をすれば、こちらで十年が経とうともその姿形はまるで変わらない。そうなった時の小陽との関係を、天嶄は懸念しているのだとようやく思い至った。

「やっとわかったか」

腕組みしながら満足げに銀嶺を見下ろす天嶄は、そのことに一早く気がつき、現在の年齢に惑わされずに最初から小陽を恋敵と見ていたことになる。

それはつまり銀嶺は天女であると初めからわかっていたばかりか、その年の重ね方が地上界で暮らす者とは異なることまで知っていたということだ。

いずれは小陽に年齢を抜かされてしまうかもしれない事実よりも、天嶄がなぜそこまで自分に――天女について詳しいのかということのほうが、銀嶺にとっては問題だった。

（どうして？）

訊ねてみたいが、邸を留守にする際の行き先さえいまだに教えてもらっていない天嶄には、はぐらかされてしまう可能性が高い。慎重に、それと気づかれずに、その正体に関わる情報を何か得られないかと銀嶺は思案する。

（えーと……）

謀計、策略をめぐらすことは得意ではないので、咄嗟にうまい問いかけなど浮かばない。しかし、ふと心に浮かんだ疑問があったので何気なくそれを投げかけてみると、返ってきたのは思いがけず、銀嶺にとってかなり重要な答えだった。

「でも……小陽がすぐに私と釣りあう年齢になるというのなら、逆に天嶄様は、すぐに私と釣りあわない年齢になってしまいますね」

だからこそ文玉樹の葉を浸した水を飲ませるまでして、その年の取り方をなんとか自分に近づけられないかと銀嶺は努力したのだ。

それなのに天嶄は、なんだそんなことかとばかりにふいっと顔を逸らしてしまう。

「その心配はない。私はお前を置いて先に年を取ったりなどしない」

「え？　どうして？　どうしてですか？」

心から驚いて問いつめる銀嶺から、天嶄はますます顔を逸らす。頑（かたく）ななまでの横顔は、思わず言ってしまったという表情だが、その中にかすかに苛立ちのような感情も含まれている。

「ここまで言われてまだわからないのか？」

「え？　何をですか？」

再び問いかける銀嶺に、天嶄はついに背中を向けた。

「教えない。自分で考えろ」

「そんなあ……」

すたすたといなくなってしまった天嶄と入れ替わるように、邸の外から元気な声が聞こえてくる。

「銀嶺姉ちゃん！　たいへんだよ、たいへん！」

「小陽？」

その年齢がいつかは自分に追いつくかもしれないと言われても、銀嶺にとって小陽はやはり、かわいい弟のような存在だ。

呼ばれて外に出たとなればまた天嶄に迷惑をかけてしまうことになるかもしれないので、銀嶺はすぐに小陽を邸の中へ招いた。

天嶄は二つあるうちの使われていない臥室へ行ってしまったので、居室へ小陽を通す。

「どうぞ」

何かに興奮して瞳をきらきらと輝かせている小陽は、小さな掌に石のようなものを握りしめていた。

「さっき川で釣りをしてたら、空からこれが降ってきたんだ！　すごいでしょ」

「これって……石が？」

危ないこともあるものだと、銀嶺は小陽からそれを受け取ったが、持ってすぐにわかった。

これは単なる石ではない。

「小陽……これ……」

よく見れば崑崙山の帝宮で、園林などに敷きつめられている星石だ。見た目は白っぽい普通の石だが、角がなく、持っているうちに感じる重量がさまざまに変わる。天上界ではよくある石だが、地上界には存在しない。

「やっぱり、天女の世界のものだった？　そうじゃないかと思ったんだ」

小陽は銀嶺が天女であることを知っている。そのため銀嶺に見せれば、その石が異界のものであるか、すぐにわかるとでも思ったのだろう。

文玉樹の葉が二日に一度流れてくることもあり、ずいぶんこのあたりは天上界からの落し物が多いと銀嶺は考えた。そして自分自身も「天上界からの落し物」であることに思い至り、妙におかしくなる。

「何笑ってるの、姉ちゃん。ねえ、この石は何か特別な力はないの？　あの大きな葉が水に浸したら薬になるように……」

「そうね」

銀嶺は記憶の糸をたどってみたが、星石に何か効能があるなどと聞いたことはない。そもそも天上界ではどこにでもある、ごく普通の石なのだ。何もないと言いかけたところで、小陽に長襦の袖を強く引っ張られた。

「姉ちゃん！　ねえ、ちょっとこれ見て！」

どうやら文玉樹の葉のように、小陽は星石を水に浸してみたようだった。もちろん石から何か成分が溶け出すようなことはなく、単に底に沈んでも白くて綺麗だという感想を持つ程度だったが、じっと見ているうちに水面が、息を吹きかけてもいないのに揺らぎ、みるみる銀嶺と小陽の顔ではないものを映し始める。

「何、これ……？」

ゆらゆらと定まらなかったものが動かなくなると、そこに映っていたのは、懐かしい崑崙山の帝宮の光景だった。

「どういうこと？」

銀嶺は驚愕の思いで見つめるが、小陽にはもちろん見覚えのない風景だ。

「銀嶺姉ちゃん、ねえ……ここどこ？」

縋る小陽の手を、思わず負けないほどの力で銀嶺は握り返してしまった。水面が鏡のようになった大椀には、園林で働く天女たちの姿が映る。中には親しくしていた天女の姿もある。

「瑚榮！」

思わず大椀に向かって呼びかけてしまってから、自分はいったい何をしているのだろうと銀嶺はふと我に返った。小陽が驚いたように銀嶺の顔を見ている。

「銀嶺姉ちゃん？　あの、涙……」

「えっ？　ええっ？」

小陽に指摘されて、銀嶺は自分が初めて涙を流していることに気がついた。あまりにも思いがけず、気持ちがついていかないままに、必死に手の甲で頬を拭う。

「ちょ、ちょっと待ってね、小陽」

「………うん」

銀嶺の意志に関係なく、涙はなかなか止まらなかった。自分はこれほどに崑崙山に未練があったのだろうかと、銀嶺はその事実のほうが不思議だ。

天上界から地上界へ落とされても、天上界へ帰りたいという気持ちは銀嶺にはほぼ湧かなかった。それは落ちてすぐに天嶄に「お前は俺のものだ」と宣言され、実際にそうされてしまったからに他ならない。

以前からひそかに想いを寄せていた相手ということもあり、天上界に戻っても天帝のもとへ行ける身ではなくなったこともあり、傍にいろという天嶄の言葉を、銀嶺は素直に受け入れた。そこには葛藤らしい葛藤も、なかったように思う。

それでも懐かしい光景を目にして我知らず涙してしまったということは、生まれ育った地から遠く離れてしまったことを、寂しく思う感情も少しはあったということなのだろうか。

ようやく涙が止まった銀嶺は、大椀の中に映ったのは、自分がもといた世界なのだと小陽に説明した。

「ええっ！　じゃあこれが天女の世界？」

食い入るように水面を見つめる小陽の横顔は、翠泉の畔で底に見える地上界ばかり見ていた銀嶺自身の姿と微妙に重なる。

(それじゃあ、星石を入れた水は、翠泉とちょうど逆の役割を果たすのだわ)

あちらからはこちらが見え、こちらからはあちらが見える。

「不思議ね……」

「うん」

嬉しそうな小陽と共に水面を見つめていた銀嶺は、ふとあることに気がついた。

(でも、もし翠泉と同じなら、ひょっとして見えるだけじゃなくて……?)

地上界を映す翠泉を通って銀嶺がこちらへ来たように、天上界を映すこの水面を通ってあちらへ行くこともできるのではないか――そう考え、それはおそらく無理だと、自分で否定する。

(だって翠泉ほどの大きさがあれば別だけど、この大椀の水面を通るなんて、せいぜい手ぐらいだもの)

星石をもっと大きな盥などに入れればいいのかもしれないが、そうなった時にこの小さな石一つで、向こうの世界を映せるかということもまた疑問だ。

(もっとたくさんあれば話は別だけど……)

そう考え、ひょっとするとこの石も、文玉樹の葉と同じように定期的に昊から降ってくるのではないかと思いついた。

「ねえ、小陽……」

隣で椀の中の世界を懸命に見ている小陽に、これまでにこのような石を拾ったことはなかったかと聞いてみる。

「ないよ、これが初めて」

「そう、だったら……」

釣りや猟のついでいいので、もし今後も落ちてくるようなことがあれば、ぜひ拾って自分のもとへ届けてもらえないかと銀嶺はお願いした。

「いいよ！」

集めてどうするわけでもない。文玉樹と同じく、何も知らない地上界の人間がもしたくさんの星石を集めてしまい、偶然天上界へ行ってしまったら——と、それを防ぐための行動だった。

銀嶺にとっては、ただ本当にそれだけのつもりだった。


「姉ちゃん、あったよ！　ほらこれで六つ目！」

銀嶺が頼んだとおり、小陽が拾った星石を邸に届けてくれるようになり、三十日が過ぎた。

石は文玉樹の葉ほど頻繁に落ちてくるわけではなく、せいぜい五日に一つだ。そのため集まる速度は遅かったが、六つ並べるとかなりの大きさの盥の水面に、天上界の様子を映し出すことができた。

「すごいな、本当に綺麗なところだね。樹も草も、建物も人も、みんなきらきらしている」

「そうね」

小陽と共に、こちら側の人間として天上界を眺めるのが、銀嶺は不思議な気分だった。

あそこで暮らしている間は気がつかなかったが、寒くも暑くもなく、天候が荒れることもなく、物に溢れ、いつでも綺麗な衣に身を包んでおいしい料理を食べることができた崑崙山は、まさに楽園だったのだ。

戻りたい気持ちはないが、羨ましい気持ちならばある。このところ、このあたりはあまり天候がよくない。州城に雷が落ちたのがそもそもの発端で、あれから突然雨が降ったり、突風が吹いたりと、天気の安定しない日々が続いている。天嶄や小陽の父親はもちろん、農業で生活している人々には死活問題だ。

「天気は天帝様の気紛れっていうから、きっと剣正のおこないに腹を立ててらっしゃるんだよ」

始めはそう話していた人々も、その剣正はとうの昔に蟄居し、それでもまだ天候が安定しないとなると、他に理由があるのではないかと噂し始めた。

銀嶺はその話を小陽から聞かせてもらうたび、ひそかに不安を募らせていた。

（もし本当に天帝様が怒ってらっしゃるとしたら、それはもしかして……）

閨へとお呼びがかかったのに、その役目を果たせず銀嶺は地上界へ落ちてしまった。その事実は天上界ではどのように認識されているのだろう。

もし銀嶺が天帝の閨へ侍ることを不服として、地上界へ逃げたことにでもなっていたら、銀嶺がこちらへ来てしばらくして頻発し始めた天候不良の原因として、これ以上のものはない。

（もしかしたらだけど……）

実際のところを知る術はなく、あくまでも推測の域を出ない事柄ではあった。ところが――。


いつものように小陽と共に盥の中の天上界を見ていたある日、銀嶺は天女たちの声が聞こえたような気がした。

「ねえ……今、何か聞こえなかった？」

「えー、何も聞こえなかったよ」

小陽は不思議そうな顔をしているが、銀嶺の耳には確かに聞こえた。現に今も、奥で繕いものをしている天女たちの話し声がぼそぼそと聞こえる。

（どうして？）

盥に沈めた星石の数は、いつの間にか十を超えていた。数が多いほど効果が高まるのならば、石の数にあわせて映像ばかりかついに音まで聞こえるようになったのだとしても、驚くことではない。

それに翠泉の底に地上界を見ていた時と違い、天上界が映っているのは盥の水面だ。すぐ目の前で、間に邪魔をする水もなく、だから音まで届くのだとしても不思議はなかった。

しかしどうやら音は、どれほど耳を澄ましても小陽には聞こえないようだ。文玉樹の葉の時と同じように、銀嶺は天女だから特別に得られる効果なのだろうか。

どちらにせよ天女たちの会話を聞くことができるのは、銀嶺がいなくなったことをあちらでどう認識されているのかを知るのに、とてもいい情報源となった。

頻繁に話題に出てくるわけではないが、時折出てくる時は、ほぼ行方不明として扱われている。中には泉に落ちたことさえ知らない天女もおり、自分で思っていたほど重大な事故ではなかったのではないかと、銀嶺は胸を撫で下ろす。しかし――。

銀嶺を実際に翠泉に突き落とした、珪霞を中心とする者たちだけは別だった。かなりの悪意をもって、銀嶺は天帝の閨に侍るのがいやで、地上界へ逃げたと言いふらしている。ひょっとするとそうなのではないかと思ってはいたが、実際に目の当たりにするとあまり気持ちのいいものではなかった。

「どうせ逃げるんなら、代わりを誰か指名していけばよかったのに」

「おかげで天帝様が崑崙山に来られるのも中止になってしまった。あの子のせいよ」

「そうよ、そうよ」

自分たちで泉に突き落としておいて、都合の悪いことはすべて銀嶺のせいにしようという態度が、悔しくてならない。

しかしあちらの声は聞こえても、こちらの声はあちらへ届かない。懐かしい友人にも、珪霞たちにも、ひと言言うことさえできず、ただ見守るだけの日々が続いた。

その間も、天候不良は少しも改善されないままだ。

（もし私が天帝様にお会いする機会があったら、地上界の天候についてもう少し考えてくださいと進言するのに……）

だが地上界は、天帝が住まう天上界からははるか遠い。ここまで天帝が訪れることはまずない。崑崙山が天上界と人間界を繋ぐ場所なのだが、そこにさえまるで訪れがないということは銀嶺もよく知っている。

（せめて崑崙山に来てくだされば……）

銀嶺がこの水を抜け、崑崙山まで行って地上界の天候についてお願いをする。果たしてそれが可能なのか――。

探るように水面に手を伸ばすと、指が触れた瞬間、そこに広がっていた崑崙山の風景は歪んで滲んで消えてしまった。

(やっぱりこの中を通り抜けるなんてできるはずがない)

肩を落とす銀嶺の背後から、思いがけない声が響く。

「そんなに熱心に、いったい何をしてるんだ?」

水を張った盥の前からいつまでも離れない銀嶺を心配して、天嶄が訊ねたのだった。小陽が帰ってからも銀嶺は一人で盥の水を見続けていたのだが、気がつけばあたりはすっかり暗くなってしまっている。

どれだけ水面に映し出された世界を見ていたのかと、自分自身に呆れた。

「水に映る景色を見ていたのです。とても遠くの光景まで、これで見ることができるので」

「へえ」

見ていた場所が自分がもといた崑崙山だとは、天嶄にはなかなか切り出せない。銀嶺にはまったくそのようなつもりはないのだが、故郷に帰りたいのかとかんぐられてしまいそうだ。

天嶄本人は気がついていないかもしれないが、彼にはいつも、銀嶺がここからいなくなってしまうのではないかとどこかで不安に思っている気配がある。よけいな心配はかけたくない。

「遅くなってごめんなさい。夕食にしましょう」

「ああ」

明朗な笑顔を浮かべて盥の前から立ち上がり、居室から続く厨房へと向かう銀嶺の姿を視線で追っているようでありながら、天嶄はそればかりを見ているわけではない。盥の底に敷きつめられた白い石が、月日が過ぎるごとに増えていくのを、どこか遠い場所を見るような目で今日も確認していた。


銀嶺がその人物と久しぶりに顔をあわせたのは、その日はまた朝早くから出かけなければならないと、天嶄にかねてから予告されていた日の前日のことだった。

川べりで釣りをする天嶄の近くで、釣った魚を入れておく魚籠(びく)の中を確認していると、対岸から聞き覚えのある声で呼びかけられる。

「お久しぶりですね、お嬢さん。元気にしてらっしゃいましたか？　その人に無茶ばかりさせられて、愛想を尽かしていなくなってしまわれていなくて本当によかった」

声音は涼しげであるのに妙に棘(とげ)のある独特のもの言いと、「お嬢さん」と他の誰からも呼ばれない呼称に、銀嶺がはっとした思いで顔を上げると、以前この場所で会った苑笙という青年が、川を挟んだ場所に立っていた。

「何をしに来たんだ、苑笙。今日は約束の日じゃないだろう」

ともすればぶっきらぼうになってしまう天嶄の口調が、苑笙を前にするとことさら乱暴になるのは仕方のないことだ。まるで挑発するかのような言葉ばかり、彼は天嶄にかけてくる。

「これでも心配していたのですよ。もし彼女に逃げられでもしたら自棄を起こして、ただでさえねじ曲がったその性格が、よけいに曲がってしまうのじゃないかと……」

「よけいなお世話だ。お前が言うな。いいからここへ来た用件を早く言え。明日でも済む内容だったら本気で怒るからな」

二人の関係は銀嶺にはわからないが、かなり親しい間柄なのだということは推測できる。互いに辛辣な言葉をぶつけあっても、顔色一つ変わらない。まるで普通に会話が為されている。それほど遠慮のいらない関係なのだろう。

「その明日に関してですよ。急に行き先が変更になったので、そう心づもりしておいてください。時刻などに変更はありません」

「わかった」

二人の会話を黙って聞いている銀嶺に、苑笙はすっと視線を向ける。しかし特に話しかけるわけではなく、しばらくの間何かを確かめるかのようにじっと見つめると、また天嶄のほうを向いてしまった。いったいどうしたのだろうと銀嶺は首を傾げる。

「……？」

苑笙は銀嶺ではなく、天嶄に問いかけた。

「まだ話していないのですか？」

「…………うるさい」

苑笙から顔を逸らし、川面の上で乱暴に竿を振る天嶄は、どうやら何かに追い込まれている状況のようだ。その証拠に、急かすように苑笙がぱんぱんと手を叩く。

「早くしてくださいよ、ほら。それだから安定感がないとか、なかなか定まらないとか言われるんじゃないですか」

「言いたい奴には言わせておけ。私の勝手だ。他で文句のつけようがない働きをする。現にそうしているだろう」

「それはそうですが……」

深々とため息を吐き、それから苑笙は、くるりと銀嶺に向き直った。

「本当にたいへんだとは思いますが、どうかくれぐれもよろしくお願いします……見た目に反して繊細で傷つきやすい人ですので……」

「おい！」

顔を赤くした天嶄が、大きく手を伸ばして苑笙の言葉を遮る。

「あ……はい！」

彼らがなんの話をしているのかはわからない銀嶺にも、自分に向けられた苑笙の言葉だけは理解できた。おそらく天嶄のことを言っているのだ。

苑笙に、「お願いします」と頭を下げられたので、銀嶺も慌てて頭を下げる。

「こちらこそ、お願いします。でもたいへんなことなんて、何もありません。私は本当に天嶄様のことが大好きなので……」

「おい！」

苑笙を制止した時の何倍も顔を赤くして、天嶄が今度は銀嶺の言葉を遮る。どうしてと首を傾げる銀嶺の仕種を見て、苑笙が唸った。

「なるほど……確かにこれは、改めて話す必要性をまったく感じませんね。でも今のままでは、一番肝心なことがいつまでも伝わりませんよ」

「わかっている。それはちゃんと私も考えている」

「だったらもう、何も言うことはありません」

苑笙は天嶄と銀嶺に背を向け、去っていく。その背中を丘の向こうへ見送ってから、銀嶺は黙り込んだままの天嶄に声をかけた。

「あの……」

話の流れからして、どうやら天嶄には銀嶺に伝えなければならないことがあるらしく、しかも早くしろと苑笙に急かされていた。それがなんなのか訊ねてみたい気持ちもあるが、天嶄が頃あいを見て自分で話すと言っていたのだから、ここは待ったほうがいい。

それよりも、明日は行き先が変更になったと言っていたので、そのことについて訊ねてみた。

「明日は苑笙様と一緒なのですね」

「え？　あ……ああ」

思いがけない話題を持ち出されたようで一瞬戸惑った顔をしながらも、天嶄は頷いてくれる。

「基本的にいつも一緒だ。不本意ながらあいつが私の次官だからな」

「次官……」

そういう者がつくとは、天嶄の本当の仕事はどういったものなのだろう。考えてみても銀嶺にはわからない。ただとても高い身分の人物であることは確かだ。

「一緒にどこへ行かれるのですか？」

何気なく訊いてしまってから、しまったと思った。天嶄が黒曜石のような瞳を大きく見開き、穴が開くほどにじっと銀嶺の顔を見つめている。

「あの……」

つい口にしてしまっただけなので、他愛もない問いかけに無理に答えなくてもいいのだと、銀嶺が取り成そうとした時、天嶄の形のいい唇がぎゅっと結び直された。

「銀嶺、実は私は……」

大きく息を吸い込み、緊張の面持ちで口を開いた天嶄につられるように、銀嶺の胸もどきどきと大きく鳴り出す。

「はい」

両手をぎゅっと握りしめ、次の言葉を待ったが、怖いほどに真剣な顔をした天嶄は、いつまで経ってもその後を続けない。

「天嶄！　銀嶺姉ちゃん！」

そのうち大きく手を振りながら山のある方角から小陽が来てしまい、そこで二人きりの時間は終わりを告げた。

（ふうっ……）

天嶄の話は聞きたかったが、息が止まるほどの緊張から解放されてほっとしたことも事実で、銀嶺は心の中で息を吐く。

それは天嶄も同じだったようで、川に垂らしていた竿をいったん引きあげ、気分を変えるように大きく振り直した。

「どう？　釣れてる？　俺は昨日は父ちゃんについて山に行ったんだけど、ひどい目に遭ってさあ……」

駆け寄ってきた小陽が隣に座り、嬉しそうに話を始めたので、銀嶺は彼に向き直り、それを聞くことにした。

「何があったの？」

「それがさあ……」

天嶄は二人とは距離を置き、黙々と川に向かって竿を振っている。普段は銀嶺と小陽があまり仲良くすると渋い顔をする天嶄だが、その横顔が今だけは、小陽が来てくれたことに感謝しているように銀嶺には見えた。


結局、天嶄に打ち明け話のようなものはしてもらえず、いつものように賑やかに小陽と話をして、銀嶺の一日は終わった。

早目の夕食を取り、明日の出発が早いからと、天嶄は銀嶺よりも先に臥室へ行った。

「お前も、あまり遅くならないうちに休め」

「はい。これが終わったら行きます」

銀嶺も繕いものを少しして、すぐに天嶄の隣へ行くつもりだった。明日は一日離れているので、せめて夜の間は傍にいたい。

燭台の灯りの下、榻に腰かけて縫いものをする時間は静かで、遠くから川の音が聞こえてくるばかりだ。ところが――。

「………」

何やら人の話し声のようなものがして、銀嶺は後ろをふり返る。そちらは食事の時に使っている卓子と、二脚の椅子があるばかりで、本来は声など聞こえるはずがない。

(気のせいね……)

しかし銀嶺が縫いものに集中し始めると、また房室のどこからか声が聞こえる。

数回それをくり返し、房室の隅に置いた盥から聞こえてくるのだとようやく思い当たった。

(そうか……!)

底に星石を並べ、水を張ったその盥は、集中して眺めると崑崙山の光景を映し出すことがある。特に銀嶺がのぞき込んでいたわけでもなかったのにどうやら映っていたようで、しかも映されていたのは、これまでになく大騒ぎしている天女たちの様子だった。

「どうしたのかしら?」

上級天女も下級天女も、右往左往して何かの準備をしたり、自分の装いを直したりしている。まるで天帝の訪問があると知らせが来たあの日のようで、銀嶺が懐かしく眺めていると、実際に「天帝様が!」「天帝様が!」とあちらこちらからその名が聞こえてきた。

「まさか……?」

注意して天女たちの言葉に耳を傾けてみれば、どうやら明日、天帝が崑崙山の帝宮に来ることが、急きょ決まったらしい。さまざまな準備に天女たちが焦っているのも頷けた。

「そう、あの時ぶりについに天帝様が……」

閨に呼ばれて着飾ったものの、結局行くことはなかったあの日を思い出す。あの時は命じられたので、ただ闇へと向かっただけだったが、今ならばお願いしたいこともあるのにと、銀嶺は少し悔しかった。

(私もあそこにいるなら……)

地上界の天候について、もう少しどうにかしてもらえないかと訴えたい。天気にふりまわされて、困る人々の姿を銀嶺はすぐ近くで見ている。

(言う機会があるかはわからないけど、せめてあそこにいれば……)

友人たちの協力も貰い、ほんの少しでいいから話をさせてもらえる時間を、なんとか得ようとがんばっていたはずだ。

(悔しいな……)

残念に思う気持ちとは別に、銀嶺の頭の中ではまた違った考えが先ほどからちらついていた。それは時間が過ぎるごとに大きくなり、ついにはどうやったら実現できるかについて、考え始めてしまっている。

(なんとかあそこへ行けないかしら?)

本来なら望むはずもなかったことだが、こうしてたくさんの星石を銀嶺は持っている。それを入れた水の中に入れればひょっとして——と、これまでにも何度も考えた想像を、叶えたい目標ができてしまった今宵は尚更やめられない。

天帝に会い、地上界の天候についてお願いさえすれば、あとはこちらへ来た時と同じように翠泉へ入ればいい。望むところへたどり着けるのかという不安も少しはあるが、初めての時に天蘄のもとへたどり着けたこともあり、銀嶺は漠然とした自信を持っていた。

(大丈夫、私はきっと何度翠泉を通っても、きっと天蘄様のもとへたどり着く)

そう自負していなければ、その傍をいったん離れてまた戻ってこようなどという発想は浮かばない。

(大丈夫、きっとうまくいく……)

自分に言い聞かせるかのように心の中で呟きながら、銀嶺は盥の水面に映る天女たちのように、忙しく準備を始めた。準備といってもほぼすることはない。明日の朝、天蘄が出かけたら、その留守中に崑崙山へ行って戻ってくればいい。

天蘄に話すつもりはなかった。地上界の天候について天帝にお願いするためとはいっても、話せばおそらく反対されるだろう。銀嶺がいつか自分の傍からいなくなってしまうのではないかという不安を、彼が抱えていることは知っている。しかしどうやったらそれを完全に払拭できるのかが銀嶺にはわからない。

銀嶺があちらの世界へ行くと伝えれば、混乱させ傷つけてしまうだけだ。

(大丈夫、用が済んだら必ずここへ帰ってくる)

そのためにも、なるべく万全を期さなければならない。間違いなく崑崙山へたどり着けるよう、できるだけの準備をしたかった。

（私がこちらの世界へ来た時の衣……どこへしまったのだったかしら？）

ほぼ何も持たず、身体一つで地上界へ来た銀嶺にとって、あの時身に着けていた衣だけが、唯一天上界のものだ。せめてあれを着ているほうが、天上界へ近づけるのではないかと考えた。

なかでも長襦と上衫の上に更に重ねていたのは、羽衣と呼ばれる特殊な被帛だ。天女が空を飛ぶ時に使うもので、あれを巻いていたから、天上界から地上界へと落ちても、自分は怪我一つしなかったのではないかと銀嶺は思っている。

（せめてあれだけでも、羽織っていかないと……）

どこにしまったのだったかと、思考をめぐらせた。

銀嶺を助けてすぐに天嶄が着るものや装飾品をたくさん準備してくれたので、これまであの時身に着けていたもののことを思い出すこともなかった。衣の入った櫃の中にはないので、他の場所だろうかと考える。

「あ……！」

居室ではなく臥室に置いてある、もう一つの櫃にしまってあるのではないかと思いついた。普段は使わないものをしまっていると天嶄が教えてくれた櫃だ。

（うん、あの中かもしれない）

すぐに臥室へ確かめに行こうとし、銀嶺はそれを少しためらった。臥室では先に牀榻へ上いが、どちらにせよ彼がいる横で、櫃の中を捜すことはできない。もし気がついたら、いったい何をするつもりなのかと、その目的を問い質されてしまう。

「どうしよう……」

明日の朝、天嶄が出かけてから確かめるという手もあるが、もしそこになかった場合は、またそれから別の場所を捜さなければならない。ただでさえ天嶄が出かけている一日の中で、崑崙山まで行って帰ってこようとしているのに、準備に時間を割いていては間にあわなくなってしまう。

ここでこうして考えていてもどうしようもないと、銀嶺は立ちあがった。

足音を忍ばせて臥室へ行き、天嶄が寝ていたなら櫃の中を確かめ、起きていたならそのまま一緒に寝る。その代わり明日の朝、彼より早く起きて羽衣を捜す――自分にできる最低限のことを頭の中でそう整理し、臥室へと向かった。

出入り口から見る限り、天嶄は牀榻の上で、先に眠ってしまっているようだった。近づいても起きる気配はなく、静かな寝息を立てているようなのでほっと胸を撫で下ろす。

牀榻の奥に置いてある櫃に近づくと、音を立てないように気をつけてその蓋を開いた。

中には季節ものの衣など、普段は使わないような布や道具がたくさん入っている。その中に見覚えのある紅色の襦裙を見つけ、銀嶺の胸はどきりと跳ねた。

（あった！）

婚礼を意識して着つけられたため、あの日銀嶺が身に着けていたのは、何もかもが微妙に色あいの異なる紅色だった。紅の長襦、紅の長裙、紅の上衫に紅の胴衣。帯や披帛類ももちろん紅色で、羽衣も紅だった。

（これだわ……）

普通に布を織る生糸や綿や麻とは違うものを織り込んであるという羽衣は、光がないところでも自ら輝く。紅ではあっても少し動かすだけで色あいは次々と変わり、見ているだけで面白く美しい。

手に取ってもまったく重さを感じないほど軽く柔らかで、そのくせ丈夫で、何があっても裂けることは決してない。

（まあ、そうでなければ安心して空を飛べないものね）

懐かしい思いで、銀嶺はそれを首にかけた。肩のあたりにふわりと余裕を持たせ、上腕に一回、手首に一回巻きつけ、残りは下に垂らす。これでうまく風を捕まえることができれば、空も飛べるはずだ。

（懐かしい……）

これで明日は大丈夫だと安堵し、羽衣をしまおうとした時に背後で声が響いた。

「何をしている？」

どきりと大きく心臓が跳ね、銀嶺は咄嗟に返事ができなかった。それは突然呼びかけられて驚いたからばかりではない。その声音がこれまで聞いたこともないほど低く、怒りのような感情に震えているように感じたからだ。

「あの……」

声の主はわかっているはずなのに、ふり返るのが怖い。しかし銀嶺が迷っているうちに、また背後から声がかかる。

「何をしているのかと聞いているんだ、銀嶺。やはり答えられないか？」

やはりという言葉に言い知れない不安を感じ、銀嶺は怯(おび)える気持ちをふり払って、後ろを向いた。

「たいしたことではないのです、天斬様。ただ、ここへ来た時に着ていた衣はどこにあるのかなと思って、私……」

答える声は次第に小さくなり、不明瞭になった。仕方がない、声よりも更に鋭い眼差しで、天斬にじっと見つめられている。心に何も憂いがなくとも、見つめられると怖気づいてしまいそうな迫力を持つ瞳なのに、隠しごとを持っている今、まっすぐに見据えられて平静でなどいられるわけがない。

（だめ……これじゃますます誤解されちゃう……）

わかっていても、戸惑うように視線を逸らすしかなかった。

「それを見つけてどうするつもりだ？　ここを出ていくのか？」

問い質す声は厳しく、そちらに目を向けていなくとも、いまだにじっと見据えられているのがわかるくらいだが、返事に迷いを混ぜてはいけない。そうでなければ天嶄の中の疑心暗鬼をますます増大させてしまう。

「違います！　私はここを出ていくつもりはありません！」

しかし、きっぱりと言いきっても、その言葉を信じてもらうことは、今は簡単ではなさそうだった。決して見られてはいけない行動を、彼に見られてしまったと、銀嶺は自分でわかっている。

それは、たとえ抱きあっている時でも不安を完全に消し去ることができない天嶄にとっては、これまでの信頼や絆(きずな)を完全に打ち砕く結果にもなり得るものだった。それがわかっていたつもりだったのに、不安を与えてしまった自分が、銀嶺は悔しくてたまらない。

（どうしよう……）

何を言っても、今は信じてもらえないだろう。しかしまっすぐな気持ちを彼にぶつけるくらいしか、銀嶺にできることはない。

「私はずっと天嶄様の傍にいます。どこよりもあなたの隣にいたいです」

「どうかな」

決死の訴えもあっさりと突き放され、思わず足から力が抜けそうになった銀嶺の腕を、天嶄が強く引いた。

「きゃあっ」

前のめりに倒れそうになった身体を、牀榻の上に引きあげられる。

「天嶄様？　な……やっ」

彼が何をしようとしているのかは、銀嶺にもすぐに予想がついた。怒りに任せてこのまま、銀嶺を無理やり抱くつもりだ。身体は重ねても心が重ならない行為は虚しく、恐ろしく、それよりはもっと二人で話をしたいと思うのに、力では天嶄に勝てるわけがない。

帯を解かれ、衣の前を大きくはだけられた。

「待って！　ま……いやっ」

重なってくる身体を押し返そうとした腕は、二本まとめて頭の上に掲げさせられる。腕に巻きついたままだった羽衣でぐるぐるに縛られ、これでもう銀嶺はほぼ抵抗できない。

「いやっ……や……やめてくださ……」

剝き出しにされた胸の膨らみを掴まれ、嚙みつくように首筋に舌を這わされて、身体の震えが止まらなかった。まるで天嶄ではなく、見知らぬ男に襲われているかのようだ。

しかし実際には彼に違いなく、肌に馴染んだ手の感触に、銀嶺の身体は心を裏切って次第に快感の反応を示し始める。

「あっ、いや……いやあ」

無理やり下穿きを引き下ろされ、秘所を弄られているのに、しっかりと濡れてしまっていることが悔しくてたまらない。

無言のまま天嶄が、濡れた蜜壺に指を突き入れてくる。

「あっ、ああっ」

腰を引いて逃げようとしても褥に押さえつけられ、ぐちゅぐちゅと音を立てて奥までかき混ぜられた。こういうふうに無理やり身体を拓かれるのはいやなはずなのに、身体は完全に順応してしまっており、まったく抗えない。

「いや……いやあっ……」

拒絶の言葉を無視して、脚を大きく開かされ、天嶄のものを深々と受け入れさせられた。

「ああああっ、あんっ」

この身体のすべては自分のものだとでもいうように、最奥を何度も突きあげながら、ようやく天嶄が口を開く。

「逃がさない、銀嶺。絶対どこへも行かせない」

言葉を身体に刻むかのように、めちゃくちゃに突きあげられ、銀嶺は呆気なく快感の波にさらわれた。

「あああっ、いやあぁ——っ……あ、はあ……っ」

快感に震える蜜壺の奥からは愛液がどっと溢れ出し、それをかき混ぜるように天嶄はぐちゆっぐちゅっと抽挿を続けているが、銀嶺の瞳からも溢れ出した涙が止まらない。

「やめ……も、やめてくださ……っく」

しかし天嶄がやめる素振りはない。両手で細い腰を掴み、華奢な身体を自分のほうへ引き寄せるようにして、深い抽挿を続ける。

「やめない。お前は私のものだ。他の誰にも渡さない。決して逃がさない」

「あっ……いや……っあぁ、や……あっ」

極めたばかりで蜜壺の中が敏感になっていることも、銀嶺がはらはらと涙を零し続けていることも、天嶄にはまるで関係ないかのようだった。

緩やかにだが深く、天嶄のもので濡れ襞を擦られ続け、銀嶺はまたすぐに静かに上りつめてしまう。

「あっ、あ、ぁ……いやぁ……ああっん」

どくどくと脈動する蜜壺の中でもまったく加減することなく、執拗に銀嶺の奥を突き続ける熱棒は、まるで凶器のようだ。絶え間なく与え続けられる快感に、全身の肌が粟立っている。

それを抱きしめるでもなく、撫でるでもなく、ただ秘部だけを深く繋ぎ続ける天嶄は、確かに銀嶺を抱いているというより、そうすることで自分に繋いでいるようだった。

息を乱した様子もなく、愉しんでいるふうでもない。無理やり身体を繋がれているのは銀嶺なのに、天嶄も顔色をなくし、ひどく悲愴な表情をしている。

　抱きしめてはもらえなくても、銀嶺は彼を抱きしめたかった。たとえ信じてもらえなくても、自分は傍を離れないと何度も伝えたかった。しかし両手は頭の上で縛りあげられており、身体もほぼ重ねられていない。

　今、世界中の誰よりも近いはずなのに、絶望的なほどに彼が遠い。声は届かないかもとわかっていたが、銀嶺は懸命に呼びかけた。

「天嶄様……あっ、天嶄様……っ」

　抽挿は一瞬も緩まず、続けて極めさせられた下半身はぐずぐずになっている。まったく力が入らず、自分の身体の一部とはとても思えない。

　ぐちゅぐちゅと淫らな音を静かな臥室に響かせながら、天嶄は何かに憑かれたかのように、銀嶺の胎内に出入りを続ける。その孤独な姿に、銀嶺は懸命に呼びかけ続けた。

「天嶄様……ね、天嶄様ぁ……あっ」

　何度目になるだろうか、決死の呼びかけに、天嶄がふと顔を上げる。その切れ長の瞳いっぱいに涙が溜まっていることを確認し、銀嶺の目からはますます涙が溢れた。

「好き……っん、好きです……っあ」

　言葉が途切れ途切れになるほど、激しく身体を貫かれ続けていたが、銀嶺は心を込めて気持ちを言葉にした。手を縛られて犯されながら、その相手に愛を打ち明けている自分はなんと滑稽なのだろうと思うが、これ以外に方法が思い浮かばない。

銀嶺の行動に、天嶄がこらえきれないくらいの不信感を持ってしまったのなら、真心を伝え続けるしかない。どれほど否定されても、受け取ってもらえなくても、ずっと本音を伝え続けていれば、いつかは届くかもしれない。

「お願……聞いてくださ……あっ、好き……っん、好きなんです」

がくがくと身体を大きく上下に揺さぶられながら、銀嶺は熱心に伝え続けた。

擦られ続けた蜜壺は、中の感覚がほぼ麻痺してしまっている。それでも天嶄の動きにあわせて奥から愛液が溢れてくるのは、そうされることを身体は決して拒んでいないからだ。

身体と同じように心も天嶄が求めてくれれば、銀嶺はいくらでも開く用意があるのに、そちらは初めから諦めているふうなのが悲しい。

おそらく天嶄は、これまでの銀嶺の言葉も、心からは信じていなかったのだ。何がそこまで彼を疑い深くしているのかはわからないが、どれほど伝えても、本当には伝わっていなかったという事実は悲しい。

それでも銀嶺にできることは他にない。

「天嶄様……っん、あ……好きです、大好き……あぁん」

笑顔さえ浮かべての銀嶺の告白に、天嶄の瞳から大粒の涙がぽたぽたと零れ落ちた。

「天嶄様？」

「どうして、お前は……っ」

やむことのなかった抽挿がようやく止まり、自分の上で深く俯いてしまった天嶄を、銀嶺は驚きの目で見あげる。どうやら泣いているようなので、その身体を抱きしめたいのに、腕が頭上で縛られており、できない。

「天嶄様、これ……解いてください」

今なら言葉も通じると、銀嶺は懇願したが、天嶄は頭を左右に振った。

「いやだ……」

「どうして？」

「またお前に、ひどいことをした……いやがったのに、こんな……」

涙混じりの声はひどく不安定で、いつも覇気に溢れた天嶄のものとはとても思えない。しかし傷つきやすく繊細な彼の本質に初めて触れたようで、銀嶺は嬉しくさえある。

できることならその身体を抱きしめて、少年のように純粋な心を労ってあげたいのに、他ならぬ天嶄がそれをさせてくれない。

「私なら大丈夫です。すごく……いえ、ちょっと怖かったですけど、天嶄様だから……だから大丈夫。だから腕を解いてくれませんか？」

なるべく刺激しないようにと静かに願ったつもりだったが、やはり天嶄には首を横に振られた。

「だめだ、それを解いたらお前は行ってしまう。羽衣を纏って、天上界へ帰ってしまうのだろう？」

「いいえ、私は天嶄様の傍を離れません。何度もそう誓ったではないですか」

「だが、それは私が無理やり……」

どうやら天嶄は、銀嶺を無理に抱くことで自分のところへ留め置いたという最初の罪の意識が大きすぎ、その後いくら銀嶺が彼のことを好きだと告げても、心の深いところで信じられずにいるようだった。

これでは何度告白しても、同じことだと銀嶺は息を吐く。

（だったら……）

彼にまだ告げていない銀嶺の秘密を、教えるしかないと思った。

「確かにお会いしたのは川で助けてもらったあの時が初めてですけど、私は天上界にいる時から天嶄様のことを知っていました。姿形も、立ち居ふる舞いも、その生活も、大好きだなと思っていつも見ていました。ずっと好きでした。だから傍にいろと言われたのも、あなたのものになったのも、いやなんかじゃなかったです。今と同じで、初めは少し怖かったけど、絶対にいやではなかった。それだけは信じてください」

銀嶺の告白を聞いて、天嶄は長く俯いていた。ようやくわかってくれたのかと銀嶺が安堵した矢先、思ってもいなかった言葉が俯いたままの天嶄から返ってくる。

「それでも、好きになったのはおそらく私が先だ。泉の底にお前が私を見ていたように、私も天宮の水鏡でいつもお前を見ていた。崑崙山で文玉樹の世話をする、優しく快活で愛くるしい天女。その髪も瞳も頬も唇も、すべてを私のものにしたくて、闔へ呼んだ。でもお前は来なかった」

「え？　……闔……？」

天嶄は何を言っているのだろう。それは確かに銀嶺にとってはとても聞き覚えのある話だが、天嶄とは結びつかない。なぜなら彼と実際に会う前の話、それも違う世界での話だからだ。それなのに絞り出すような声で、こぶしを握りしめながら天嶄は話を続ける。

「私のものになるのがいやで逃げたと聞いた。向かったのが地上界だとわかったので、息抜き用の隠れ家があるのをいいことに、こちらへ先まわりした。もし捕まえることができたら、今度は逃げられる前に自分のものにしてしまおうと決めていた」

「先まわり？　捕まえるって……待って、天嶄様……！」

天嶄の話は銀嶺の理解の範疇をすでに超えている。疑問に思ったことを質問してそれに答えをもらい、一つずつ納得していきたいのに、そうさせてもらえない。

絶え間なく抽挿されていた時と同じで、一方的に新しい情報を与えられ続ける。

「うまく捕まえて私のものにしたのに、お前は私の傍にいると言ってくれたのに、どうしても信じられない。いつかまたいなくなってしまう夢ばかり見る」

たしくなってくる。

両手で顔を覆ってしまった天嶄を、今度こそ抱きしめなければと銀嶺は思った。それなのに両手を縛られており、できない。思うように自分の身体を操れないことが、だんだん腹立たしくなってくる。

「天嶄様！」

「天嶄様！」

もう一度怒ったように呼ぶと、天嶄が指の間から銀嶺のほうを見た。どうやらもう泣いているわけではなく、激しい自己嫌悪に陥っているといったところかもしれないが、とにかく両腕の縛めを取ってもらわなければ何もできないと、銀嶺は頼む。

「お願いですからこれを解いてください。逃げたりしません。だってまだ私たち……です」

さすがに言葉にするのは恥ずかしく、銀嶺は濁したが、天嶄には伝わったようだ。腰を掴み直され、胎内に挿入ったままのものにぐっと力を込められ、銀嶺は悲鳴を上げる。

「やっ、あ……急に動かな……で」

甘い吐息に誘われるように、再び抽挿を再開されそうになるので、必死に頼んだ。

「お願いです。腕を……ああっ、腕を解いてください……あっ」

銀嶺の上に乗りかかるように身体を倒した天嶄が、ようやく頭の上で縛られていた両腕を自由にしてくれる。

銀嶺はすかさず天嶄の背中に腕をまわして強く抱きついた。

「銀嶺？」

訝しげに首を傾げる天嶄に、静かに頼む。

「天嶄様も、私を抱きしめてください」

「ああ」

抗うことなく腕が背中にまわされたので、その感覚に安堵する。

すぐ目の前にある端正な顔の前で、銀嶺は長い睫毛を伏せた。

「私に口づけしてください」

「ああ」

唇に唇が重なり、それはやがて深い口づけになる。夢中で舌を絡ませ、口の中も下半身も天嶄と一つになる感覚をじゅうぶんに味わってから、銀嶺は彼から唇を放した。

「これは無理やりじゃないですよね。私がお願いして、天嶄様にしてもらってるのですから……ね」

そう念を押し、天嶄の首に両腕をまわした。自分のほうへ引き寄せ、耳もとへ唇を寄せて、恥ずかしさをこらえて囁く。

「私を天嶄様のものにしてください」

「銀嶺……」

言葉の意味はすぐに伝わったようで、繋がったままだった下半身が再び動き出す。

「あっ、あ……ぁ」

強く抱きしめあいながらの抽挿は、緩く出入りされるだけで極めてしまいそうに気持ちよく、銀嶺は縋るように天嶄にますます抱きつきながら、次の言葉を紡ぐ。

「もっと、あ……もっとしてくださ……あんっ、私を全部、天嶄様のものにして……ぇ、あぁっ」

「銀嶺……わかった」

胸に染み入るような声でそう囁き、天嶄が銀嶺の身体をすべて抱き込むようにして深い抽挿を始めた。息が止まりそうに深く、苦しく、涙さえ浮かんでくるのに、胸に湧くのは嬉しいという感情ばかりで、銀嶺はいつまでもやめてほしくない。このままずっと天嶄に抱かれていたい。

「あっ、深……ぃ、天嶄様、好き……好きです、っうん」

「私も好きだ、銀嶺。壊してしまいそうなほどに……」

「あんっ、あ……あ、天嶄様ぁ……」

「銀嶺……銀嶺……」

互いの名を呼びあいながら快感は高まり、天嶄の腕の中で銀嶺がぶるりと身体を震わせた瞬間、その胎内の最奥で、天嶄も熱い飛沫を迸（ほとばし）らせた。

「ああっ、あっ……あ――っ！」

身体の奥まで天嶄に侵食されていく感覚に、銀嶺の瞳の端から涙が一粒零れ落ちる。それに唇を寄せ、舌で舐め取った天嶄が、銀嶺の頬に愛おしげに自分の頬を寄せた。互いを強く抱きしめる腕はまだ解かれない。

「絶対無理やりじゃありません……私がお願いして、全部天嶄様のものにしてもらったのですから」

「ああ、銀嶺……わかってる」

そう言ってまるで大切な宝物を愛おしむかのように頬に口づけられ、銀嶺はようやく本当に、天嶄に言葉が届いたような気がした。

「それでは……天嶄様が天帝様なのですか？ ……そんな！」

落ち着いて先ほどの話をよく考えてみると、その結論に至り、銀嶺は牀榻の上に座ったまま、焦りのあまりに息を呑んだ。

向かいあって座る天嶄は、勢いよく頭を下げる。

「黙っていてすまない。でも言ったらまた逃げられると思った。あ……実際には逃げたのではなかったのだったな」

「そうです！」

その点だけはしっかりと訂正しておかなければと、銀嶺は大きな声を上げたが、顔を上げた天嶄と向きあうと、やはりどうしていいのかわからずに戸惑う。

「私……どうしよう……」

相手はこの世界の至高神とも知らず、これまでかなり失礼な姿、恥ずかしい姿を天嶄に見せてきたように思う。先ほど腕の解放を願った時でも、まるで強迫するかのように声を荒らげた。

ここがもし天上界で、周りに天嶄の側近や傍仕えの者たちが控えていたなら、銀嶺は何度不敬罪で捕らえられているかしれない。

「あの……申し訳ありませんでした」

これまでの非礼を償うにはいったいどうしたらいいのかと困り果てながら、ひとまず率直に頭を下げる。するとその額を、天嶄に指でぴんと弾かれた。

「何を謝るんだ？　謝るなら私のほうだろう。散々お前に迷惑をかけて、苦しめた。もう一度頭を下げようか？」

そのまま本当に頭を下げられそうになるので、銀嶺は慌てて制止する。

「いえ！　いいです。もう本当にいいです！　許してください」

「だから許してもらうのは私のほうだ」

問答はいつまでも続くが、天嶄の表情は柔らかく、時折笑みが混じる。銀嶺はそれが何より嬉しい。

抱きつきたい衝動に駆られ、でも失礼になるのではないかとためらい、腕を出したり引っ込めたりしていると、それを天嶄に笑われた。

「ははは、何をしてるんだ銀嶺」

自分に向けられたその笑顔を目の当たりにすると、もう我慢の限界だった。難しいことを考えるのはやめにして、とにかくやりたいように天嶄に飛びつく。

「天嶄様！」

「うわっ」

天嶄は若干後ろへ倒れそうになりながらも、飛びついてきた銀嶺を抱き止めてくれた。

「どうした？」

優しく頭を撫でてくれる、その手の感触が心地いい。

「好きです」

肩口に頬を埋めて告げると、背中に腕をまわしながら答えをくれる。

「私も好きだ」

てらいなく想いを伝えあうこの時には、その身分がなんであれ、自分がもっとも彼の近くにいると実感できてこの上なく嬉しい。

そのまま離れがたく、銀嶺はその夜、天嶄に抱きついたまま、抱きしめられたままという幸せな格好で眠りについた。


翌朝、早くに出かけると言っていた天嶄は、銀嶺もそれについてくるかと訊ねた。

「え？　いいのですか？」

これまではどこへ行くのかも秘密にされていたのにと首を傾げると、銀嶺にはもう本当の姿を知られたからと教えられる。

「あ……」

実は天帝であったということは、これまで天嶄が頻繁に行っていたのも、これから向かうのも天上界なのだろうかと銀嶺は訊ねた。おおよそ当たっているが、少しだけ違うと天嶄は笑う。

「今日行くのは崑崙山だ。お前も行きたかったのだろう？　せっかくだから連れていってやる」

「はい！」

天嶄の気持ちが嬉しく、銀嶺は笑顔を見せたが、崑崙山へ行きたかった本当の理由だけは、しっかりと天嶄に伝えておいた。

「じゃあお前は、天帝——つまり私に会いたかったから、崑崙山へ行こうとしていたのか？」

「はい。だって地上界に天帝様が来られることはないと思っていたんです。私は天上界に帰れないし、だったら水面に映る崑崙山にならって……」

「なるほど」

しかし実際には、銀嶺が会いたがっていた天帝は、いつも彼女の隣にいたのだ。そう思うと、がっくりと肩が落ちる。

「なんだか堂々巡りですね、私たち……すごく無駄な心配と気苦労を重ねて、時間を無駄に使っていた気がします」

「そう言うな」

天嶄は銀嶺の頭を抱き寄せ、胸に抱きしめた。

「たった一人の相手に自分が本当はどう思われているのか、不安で、信じられなくて、苦しくて、でも幸せで……貴重な体験をさせてもらった。長い一生の中でおそらく最初で最後の経験だ」

「最初で最後？」

その言葉にとくりと胸が跳ね、銀嶺は天嶄の腕の中で顔を上げる。

「そうだ。お前は？　銀嶺は違うのか？」

訝るように訊ねられても、もうその声に悲愴感も、瞳の奥に暗い影もない。そのことが嬉しく、銀嶺は笑顔になる。

「もちろん初めてです！　そしてきっと……」

「きっと？」

その先を促すように近づいてきた天嶄の唇に自分から唇を寄せ、その後で頬を赤く染め、銀嶺は残りの言葉を続けた。

「最後です」

「そうか。ありがとう」

抱きしめてくれる腕は強く、向けられる笑顔が永遠に消えない面影として、銀嶺の記憶と脳裏に深く刻みついた。


夕暮れの近づく崑崙山、帝宮。緑多いこの宮城が夕焼けに染まる光景が、銀嶺はとても好きだった。

天に届くほどの高山の頂上にある宮は、雲をはるか下に見下ろし、澄んだ空気の中にある。何も混じるもののない昊だからこそ蒼く美しく、そして夕刻にはわずかの時間だけ、鮮やかな橙色に染まる。

「綺麗……」

その時刻に崑崙山に到着することができた銀嶺は、上機嫌だった。星石を沈めた水面を通る必要もなく、天嶄に連れられ、鳳凰に乗ってここまで来た。帰りもいつでも帰れるので、好きな時に言ってくれればいいと、先達してくれた苑笙は言う。

「突然私まで一緒にすみません」

「いえ。おかげであの人の長い憂いが晴れて、ようやく安定してくれそうですので、私のほうこそ、お礼ならなんでもします。呼んでいただければいつでも二人きりでどこへでもお連れしますよ」

「ええと……」

さすがに苑笙と二人では、天嶄が機嫌を悪くすると、返事に困る銀嶺の前にその天嶄が割って入る。

「誰が行かせるか。近い。お前はもう少し銀嶺から離れろ」

「はいはい。でも今日は新しい襦裙がよくお似合いで、いつにも増してお綺麗なので、そのつもりがなくてもつい見惚れてしまいます」

「そんな……」

「見るな。これは命令だ。その目に銀嶺を映すな」

「無茶言わないでください」

小声でおかしなやり取りを続けながら、三人が向かっているのは、帝宮の中ほどに広がる園林の中の一画だった。

「もう少しです。あ、見えてきました」

先に立って案内しているのは、かつてここで暮らしていた銀嶺だ。突然崑崙山への来訪を決めた天帝が、まさか女性連れて現れるとは、この地で暮らす天女たちは思ってもおらず、銀嶺には始め、羨望と詮索と嫉妬の視線が一度に集まり、息をするのも苦しいほどだった。

しかしそれが銀嶺だとわかると、天女たちの中には祝ってくれる者もおり、自分のことのように喜んでくれる者もいた。

「すごいわ、銀嶺！　本当に天帝様の寵姫になるなんて！」

「行方不明になったらしいって聞いて心配してたけど、無事でよかった」

「ありがとう……」

懐かしい仲間たちに会えたことは、銀嶺にとっても嬉しいことだった。

しかし二度と銀嶺と会うことはないと安心していた者たちにとっては、この来訪はかなりの恐怖だったようだ。必死に隠れ続けた結果、銀嶺を溺愛する天帝に名指しで呼びつけられるというもっとも恐ろしい目に遭った。

自分の足元に平伏する珪霞たちを見た銀嶺は、重い罰を言い渡してもいいと天嶄に言われていたが、そうはしなかった。自分は天帝との結婚をいやがって地上界へ逃げたのではなく、彼女たちに翠泉へ突き落されたのだと、崑崙山で暮らすすべての天女と、天帝本人に説明することを条件として、罪は問わないことにした。

最初にそう嘯かれたせいで、天嶄の疑心暗鬼は深くなったのだ。それに関してだけは決して許せない。

長く悔しく思っていたこともすべて解消され、銀嶺は晴々とした気持ちでその場所へ立った。

「ここです。ここが翠泉です」

見あげるほどの巨木——文玉樹から、今日も人の顔の大きさほどもある葉がひらひらと舞い落ちてくる。

水面に落ちたそれを銀嶺は拾い上げ、今この場所の手入れ係をしているという少女に手渡した。

「葉を拾う係はちゃんといたのね」

それではいったいなぜ、ああも頻繁に文玉樹の葉が人間界に落ちてきたのかと首を傾げる。

「はい。ちゃんと全部拾い集めて天宮にお送りしています！」

声をかけてもらった少女が誇らしげに胸を張るので、銀嶺は瞳を瞬かせた。

「天宮？」

それは天上界にある天帝の居城——つまりは天嶄の本来の居場所だ。

自分が手入れ係をしていた頃は、拾い集めた葉をそんな場所に送る決まりはなかったのにと考えていると、隣で天嶄が低く呻く。

「おい、苑笙」

少し離れた場所から泉の畔に立つ二人の様子を見守っていた苑笙が、乾いた笑い声を発しながら背後に歩み寄ってきた。

「ははは、バレてしまいましたか？」

眼差しをきつくしてふり返った天嶄と、少しも悪びれた様子もない笑顔で向きあう。

「どういうことだ？」

にこりともしない天嶄と、何がどうなっているのかまるでわかっていない銀嶺の顔を交互に見つめ、苑笙は大仰に肩を竦めてみせる。

「いつまでも本当の身分を打ち明けようとしないあなたに、きっかけを作ってさしあげただけですよ。銀嶺様が純粋すぎてあまり効果はありませんでしたが……」

「あ……！」

それでは定期的に天嶄の邸の近くに流れ着いていた文玉樹の葉は、苑笙がわざと流していたものだったのかと、銀嶺は驚きに目をみはった。

「それじゃ、星石も？」

「はい。これはこの世界のものではないのに……とでも、この人に相談してくだされればと思ったのですが、地上にあっても天女としての誇りと義務を忘れず、すべて一人で考えて行動される姿に逆に感動しました。これは確かに、この人にとってまたとない伴侶になられるだろうと……」

「あ、ありがとうございます」

最高の賛辞に、赤くなって俯く銀嶺の肩を天嶄が横から強く抱く。

「お前が言うな」

そして苑笙から遠ざけるように胸に抱きしめ、そのまま移動を始める。

「そんなことは私が一番よく知っている」

「はいはい。そうでしょうね」

遠くなる苑笙を睨み、殺気立った天嶄の気持ちを宥めるように、銀嶺は自分から彼の手を引き、泉の畔にしゃがみ込んだ。

「天嶄様」

「何が見える？」

隣に座った天嶄に、底で揺らめく地上界を指差してみせる。

「天嶄様の邸の近くの川です。地上界のいろんな場所が見えるはずだけど、私が見るとあそこが映ることが多くて……それはやっぱり今も変わらないみたいです」

「そうか」

銀嶺が飽きることなく眺めていた人の姿は、今はそこにはいない。なぜなら彼女の隣で微笑んでいるからだ。しかし代わりに、小さな少年の姿が見え、銀嶺は頬を綻ばせた。

「小陽ったら、天嶄様の真似をしてる……」

「どら？」

目を凝らした天嶄が、うっと呻き声を上げる。

「おい、あいつ……勝手に私の竿を使ってるぞ。それもこの間新しく作ったばかりの竿だ」

「それはお気の毒です」

少しもそうは思っていないような声で遠くから慰めの言葉をかける苑笙を、天嶄は咎めるような顔でふり返る。

「帰るぞ、今すぐ地上界へ帰る」

「えー、今来たばかりですよ……まったく勝手な人だな……銀嶺様だって久しぶりなのだから、まだゆっくりされたいのではないですか？」

「いえ、私は別に……」

会いたい人には会えたし、ひと言言ってやりたいと思っていた相手にも言えた。こうして翠泉にも来れたので、やり残したことは特にない。

「でも崑崙山へ来て、天帝に言いたいことがあったんじゃなかったか？」

その天帝本人――天嶄に問いかけられ、銀嶺ははっと瞳を瞬かせた。

「そうでした。地上界の天候をもっと安定させてくださいと、私、天帝様にお願いしようと思っていたんです。でも天嶄様が天帝様だったら、当然それぐらいわかってますよね……あれ？　それなのにどうして近頃、あんなに天候が荒れてるんでしょう？」

悪気なく銀嶺に問いかけられ、すっかり押し黙ってしまった天嶄に代わり、苑笙がその説明をしてくれた。

「それはですね。雷が天帝の怒りと言われるように、地上界の天気は本当に天帝の感情に左右されるのです。ですから最近雨が多かったり、突風が吹いたりしていたのは、あなたを思ってその人の気持ちが落ち着かなかったということです」

「あ……」

苑笙の答えを聞き、銀嶺は天嶄が長く胸に抱えていた不安のことを思い出した。

しかし銀嶺の気持ちが本当に自分にあるのかとどうしても疑ってしまう気持ちは、もう彼の中から払拭されたはずだ。

「これからはもうそんなことはない。うんざりするほどに安定して晴れの日が続くはずだ」

ふいに銀嶺と苑笙の会話に入ってきた天嶄が、晴々とした顔で言いきり、銀嶺の腕を引く。

「行くぞ」

「あ……はい！」

腕を引いて歩き出され、よろりとよろけそうになりながらも、すぐに歩みを小走りに変え、銀嶺は天嶄の後を追った。隣に並ぶと掴まれていた腕は放され、代わりに肩を抱かれる。

「早く地上界の邸へ帰ろう。ここじゃ人目があってあまりお前と近づけない」

同じ理由で、本来の居城である天宮よりも、あの邸で過ごす時間をできるだけ長く持ちたいとも銀嶺は言われている。

どちらにしても、銀嶺が天嶄の傍にいることに変わりはないが——。

「はい。早く帰りましょうね」

「ああ」

少し離れて二人の後を追う苑笙は、ため息交じりの声で呟く。

「ここでもじゅうぶんくっついていますよ」

「なんだ？」

余裕の表情で苑笙をふり返る天嶄の顔を、銀嶺も笑顔で見あげた。

自分の腕の中へ銀嶺を抱き込むようにしてから、天嶄がこっそりと落とした口づけは、銀嶺以外には見えない。

「ほら、くっついてるじゃないですか」

「うるさい」

揶揄するような苑笙の言葉に、すぐさま言い返した天嶄の覇気に溢れた声と、二人のやり取りを楽しげに笑う銀嶺の声は、鮮やかな夕焼けの中で綺麗に重なりあい、長く響いていた。

まるでこれからの長く幸せな二人の日々を暗示するかのように——。

あとがき

ハニー文庫様ではお初にお目にかかります。芹名りせと申します。

このたびは『天花散華〜天女は愛に堕ちる〜』をお手に取っていただき、まことにありがとうございます！


本書は、私の原点（と、勝手に思っている）中華風ファンタジーとなっております。

天上界から落ちた天女の銀嶺が、以前からひそかに想いを寄せていた人間の男、天嶄に助けられ、そこから二人で愛を育むのですが、実は彼は……（おおっと、これ以上は申せません！）という、異世界間交流ラブストーリーです（？）。

本来出会うはずのなかった二人が出会い……というシチュエーションは大好きです！住む世界が違う故の、すれ違いや葛藤も——。

読んでくださった皆様にも、そこのところを楽しんでいただければ本望です。どうぞ、紆余曲折ある二人の恋物語を満喫していただけますように！

さて、今回のお話は中華風ですが、私は西洋風や和風のお話も好きで、基本三つの世界をグルグルしております（笑）。

世界間を移動する時には、時間を置いて頭を切り替えるようにしているのですが、最近だんだんその間が設けられなくなってきました（なぜでしょうね？……ハハハ）。

結果、前回の世界を引きずったままごっちゃになるという現象を、今回初めて体験しました。初稿を担当様にお送りした後、読み返していると、あれ？　これは中華風の下着の名称じゃないよ！　という語句が！

中華風のお話を書くたびに、これはこう書いてこう読むと（勝手に）積み上げてきた私の努力を一瞬で無駄にするとは……恐るべし和風！　ではなくて、注意しなければならないなと反省した次第です。

と言っても世界観グルグルはやめられず、今書いているのではない世界がすぐに恋しくなってしまうのですけれどね……。まさかそう来るとは思わなかった！　という世界にも、今後飛び込んでいけたらと思っています。どこかでお見かけいただいた時には、手に取っていただけますと幸いです。どうぞよろしくお願いいたします！

最後になりますが、本書を刊行するにあたりお世話になりましたすべての方々に、この場をお借りしまして厚く御礼申し上げます。ありがとうございました！

特に担当様には、お声をかけてくださったことから始まり、このプロットを選んでくださったこと、スケジュール的にかなりご迷惑をおかけしたこと、陳謝と感謝の思いでいっぱいです。本当にすみませんでした……そして、ありがとうございました！

また、本書に素晴らしい挿絵をつけてくださったキツヲ先生にも、いくら感謝してもしきれません！　天女というかなりハードルの高い美女、銀嶺を見事に描いていただいた上に、天斬はあまりに私の好みのど真ん中すぎて、ラフをいただいてからしばらく呆けました（笑）。愛あるラブシーンの数々に感謝です！　お忙しい中、本当にありがとうございました。

最後になりましたが、本書を手にしてくださったあなたに最大級の感謝を――ありがとうございます！　またどこかでお目にかかることがございましたら、ぜひご贔屓に！

芹名りせ

本作品は書き下ろしです

芹名りせ先生、キツヲ先生へのお便り、
本作品に関するご意見、ご感想などは
〒101-8405
東京都千代田区三崎町2-18-11
二見書房　ハニー文庫
「天花散華 ～天女は愛に堕ちる～」係まで。

天花散華
～天女は愛に堕ちる～

【著者】芹名りせ

【発行所】株式会社二見書房
東京都千代田区三崎町2-18-11
電話　03(3515)2311［営業］
　　　03(3515)2314［編集］
振替　00170-4-2639
【印刷】株式会社堀内印刷所
【製本】ナショナル製本協同組合

落丁・乱丁本はお取り替えいたします。
定価は、カバーに表示してあります。

ISBN978-4-576-15197-7

http://honey.futami.co.jp/

原稿募集

新人・プロ問わず作品を募集しております。

400字詰原稿用紙換算
200〜400枚

募集作品 男女の恋愛をテーマにした、ラブシーンのある読切作品。
（現代もの設定の作品は現在のところ募集しておりません）

締め切り 毎月月末

審査結果 投稿月から３ヶ月以内に採用者のみに通知いたします。
（例：1月投稿→4月末までにお知らせ）

応募規定 ● 400字程度のあらすじと応募用紙を添付してください。（原稿の1枚目にクリップなどでとめる）● 応募用紙は弊社HPよりダウンロードしてください。● ダウンロードできない方は、規定事項の内容を記載した応募用紙を作成し、添付してください。● 原稿の書式は縦書きで1ページあたり20字×20行か20字×40行(2段組可)。● 原稿にはノンブルを打ってください。● 受付作業の都合上、1作品につき1つの封筒でご投稿ください。（原稿の返却はいたしませんので、あらかじめコピーを取っておいてください）

規定事項 ● 本名（ふりがな）● ペンネーム（ふりがな）● 年齢 ● タイトル ● 400字詰原稿用紙換算の枚数 ● 住所（県名より記入）● 確実につながる電話番号、FAX の有無 ● 電子メールアドレス ● 本レーベル投稿回数（何回目か）● 他誌投稿歴の有無（ある場合は誌名と成績）● 商業誌掲載経験（ある方のみ・誌名等）

受付できない作品 ● 編集部が依頼した場合を除く手直し再投稿 ● 規定外のページ数 ● 未完作品（シリーズもの等）● 他誌との二重投稿作品 ● 商業誌で発表済みのもの

応募・お問い合わせはこちらまで

〒101-8405 東京都千代田区三崎町 2-18-11
二見書房ハニー文庫編集部　原稿募集係
電話番号：03-3515-2314

くわしくはハニー文庫 HP にて http://honey.futami.co.jp